フアン・アリアス
八重樫克彦・八重樫由貴子❖訳

パウロ・コエーリョ 巡礼者の告白

Juan Arias

Paulo Coelho : Las confesiones del peregrino

新評論

Juan ARIAS
Paulo Coelho. Las confesiones del peregrino

This book is published in Japan by arrangement with
EDITORIAL PLANETA, S.A.
through le Bureau des Copyrights Français, Tokyo.

『巡礼者の告白』日本語版に寄せて

リオデジャネイロのコパカバーナ海岸を一望できるパウロ・コエーリョの白亜の住居に招かれた十一年前の日々が、まるで昨日のことのように思い出される。忘れ得ぬひとときをともに過ごしたパウロと私は、以後も心の奥深くで通じ合う真の友情を保ち続けている。その間も私は彼の人生、魂の巡礼の軌跡を追ってきたが、何かの折に、本書『巡礼者の告白』ほどコエーリョが内面を吐露し、個人的な喜びや苦悩を語ったインタビューは類がないとの賛辞を受けるたび、誇りに思ったものだ。

パウロ・コエーリョは今も当時と変わらず、いつも近しい友人たちには寛大に、世界中の読者たちには心を開いて接している。そして、本を読む習慣のなかった数百万もの人々に読書の喜びを呼び覚ます奇跡をもたらした偉大な作家というだけでなく、精神面での偉大なる師、正真正銘の光の戦士としても、多くの人々から信望を集めている。

すでに約二十カ国で読まれている世界的なベストセラー作家との本対談集が、このたび美しい響きを持つ日本語で出版される運びとなったことを、私は大変光栄に感じている。東洋的な心を併せ持ち、宗教の違いを超えて日頃から日本の禅の哲学とその精神に関心を寄せ、自身のコラムなどでも頻繁に話題に取り上げているパウロも、おそらくは私と同じ思いでいるに違いない。

私の新しい読者である日本の皆さんが、全国各地でこの本を手に取ってくれる……その場面を想像するだけで胸がいっぱいになり、長い新聞記者・作家人生でいまだかつてない感動を覚えている。私は過去に日本を訪れた際、日本人の勤勉さや不屈の精神、東洋人特有のもてなしの心に触れ、最先端の技術を生み出す力と、深い内面性を知ることができた。威厳に満ちた由緒ある神社仏閣や、受難の地・広島で見た、春には満開の花を咲かせる樹木が雪化粧に彩られる風景にも心を奪われた。何よりも澄みきった青空の下、進取の気性をもってたゆまぬ努力を続けている日本の人々を私はこよなく愛し、高品質を保証する〝メイド・イン・ジャパン〟の製品には、一度たりとも失望させられたことはない。

十一年前のインタビュー最終日、パウロは「聴罪師を前にしたような気持ちで、あなたを相手にすべてをさらけ出した」と私に言うと、「全面的に信頼しているから」との一言で、寛容にも出版前に原稿に目を通すことなく、文責を委ねてくれた。これまで私は、自分の質問に修正を加えたことはないし、今後も一切省く気はない。パウロのほうも、対談終了時に〝生涯の告白〟と見なしたみずからの回答を一字たりとも変えるつもりはないだろう。よって、インタビューの全容は語られた当時の原形を保った状態でお届けしている。日本の読者の皆さんには、パウロ・コエーリョが私とのやり取りで述べている意見の数々を、ぜひとも楽しんでいただきたい。

この対談集がプラネタ社から出版されたのは、今は故人となったポルトガル人ノーベル賞作家ジョゼ・サラマーゴとの対談集が出て一年にも満たない時期だった。ジョゼに続いて自分がインタビューされることになったのを、パウロ・コエーリョが非常に喜んでいたことを覚えている。私は彼に、ポルトガル語圏で二人目のノーベル賞作家となるのはあなただろう、と予言したことがある。いつの日かその予言が現実になることを願いたい。そして日本の読者の皆さんがパウロを応援し、彼に幸運をもたらしてくれると信じている。

フアン・アリアス

パウロ・コエーリョ　巡礼者の告白

《私たちは皆、未知なるものを追い求める巡礼者だ》

目次

コパカバーナでの対談

告白とも思しきこのパウロ・コエーリョとの対談は一九九八年七月初旬、リオデジャネイロにある壮麗なコパカバーナ海岸を望む作家の自宅でおこなわれた。ちょうどワールドカップ・フランス大会の熱狂のさなかで、作家が試合を観戦する時だけは会話を一時中断しなければならなかった……というのも、彼は試合についてのコメントをフランスの新聞社に報告することになっていたからだ。

長いインタビューのなかでコエーリョは心を開き、麻薬地獄、黒魔術と悪魔、精神病院、監獄と拷問といった過去の痛ましい体験について初めて語った。そして対談の終わりには、今後二十年間は自分の人生について語らなくても済むよう願っていると呟いた。

対談には私のパートナーであるブラジルの作家・詩人のホゼアーナ・ムハイも同席した。コエーリョは通常夜間に執筆し、明け方に就寝して午前中は眠り、午後は人との面会や、世界中から送られてくる手紙やファックス、Eメールや電話の応対に費やしている。そこで最初のうちは、作家が起床し日課である海岸への散歩を終えた午後に対談を充てていた。

コパカバーナ海岸に面した彼の寝室（そこにはパソコンも置かれている）での対談は、絶え間なく届くメッセージのおかげで何度も中断された。電話がかかってくるとスピーカーを通して相手の声が流れるようにしてあるからだ。そのたびにコエーリョは耳をそばだてて用件を聞き、応答しに行くかどうか判断していた。

時にはこう言って話を遮ったこともあった。「ちょっと失礼。ボリス・エリツィンからファックスが届くというので。どうやら私をモスクワに招待するつもりらしいんだ」

ある日の午後、コエーリョは話の材料にするため、彼のもとに毎日のように送られてくる分厚い郵便物の束を開けてくれた。それらのほとんどは無名の読者からのファンレターで、長々と本の感想を綴ったり、妙なお願いをしたり、善良な魔術師であるコエーリョに向けて独白するような大作も多かったが、その日届いた手紙の山にはブラジル政府国防大臣からの書簡が含まれていて、彼の著書『光の戦士マニュアル』を読んだ旨が述べられていた。

「これは珍しい」コエーリョは言った。「重要なポストに就いている人たちが直接手紙を書いてくることなんて滅多にないから。どこかで顔を合わせた折に、あなたの著作を読んでいますよと声をかけてくることはあってもね。今年、講演を頼まれてダボス会議（スイス・ダボスで毎年おこなわれている世界経済フォーラム）に出席した際には、シモン・ペレスにそう言われたよ」

ブラジルからコエーリョとフェルナンド・エンリケ・カルドーゾ大統領だけが招待された今回のダボス会議について、作家は対談中で「今日〝真の魔術のゲーム〟に興じているのは、本職の貧しい魔術師ではなくエコノミストや財界人たちだ」とコメントしている。

日が傾くにつれてさまざまな濃淡の青に自在に変化するコパカバーナの海原に触発され、コエーリョは頻繁に海のイメージを使って質問に答えた。インタビューは終始、彼が愛してやまない、流暢なスペイン語でおこなわれた。『アルケミスト』の著者は曖昧な態度をとるような人間ではない。むしろ過激で情熱的で、彼が〝真の闘い〟と呼んでいるものに慣れており、議論を厭わない。とはいえ、たえず気取ることなく、自分が絶対正しいとは考えずに他人の話に耳を傾けるようにし、間違った時にはそれを素直に認めることができる人物だ。

また別の日の午後には一時間ほど対談を中断せざるを得なかった。地元ブラジルの出版社の編集者がカメラマンとやってきて、最新作『ベロニカは死ぬことにした』のキャンペーンで使用する一連の写真を撮影しなければならなかったからだ。撮影の場に同席するよう求められ、われわれは彼の一つひとつのポーズ（なかには裸足になってパソコンデスクの上で足を組んでいるものもあった）がすべて不滅のものとなっていくさまを目の当たりにした。カメラマンの巧みな腕前を見る限り、今まで撮ったどんな写真よりも素晴らしい仕上がりになるのは明らかだ。女性編集者に「以前撮った写真はどうしましょう？」と訊かれ、「地方紙にでも送ったらどうだい」と受け流したコエーリョだったが、その時、私のパートナーのホゼアーナから「パウロ、あなたが今やろうとしていることは、金持ちの先進国が私たちにしていることと同じだわ。不用品を送りつけるっていうね」と優しくたしなめられた。コエーリョは即座に考えを改め、「確かにそのとおりだよ、ホゼアーナ」と言うと、古い写真は捨てて、地方の新聞にも新しいものを送るよう頼んだ。

後日、神学者レオナルド・ボフをペトロポリス近郊イタイパーヴァの森にある新居に訪ねた際、この時のエピソードを語って聞かせた。コエーリョの作品は無関心で冷たい世の中に神秘と魂への愛を呼び起こしてくれると考え、つねに批判から彼を擁護してきたボフは、話を聞くや次のようにコメントした。「私はこれまでもずっと自分の過ちを認めることを恐れない人々を尊敬してきた。要するに、それは心の広さだからね」

最後の数日間、インタビューは夜間におこなわれた。人々が眠りにつく頃に活動し出すことに慣れたコエーリョは、つぼみを開いたバラの花のように生き生きとした気持ちになり、より打ち解けてくる。談話はこちらが疲れた時にだけ中断したが、コエーリョ次第にしていたなら一晩中続いていたかもしれない。作家が休憩を入れたのは真夜中の午前零時だけだった。その時刻は日没を迎える午後六時と同様、彼にとって神聖な儀式の時だからだ。彼が祈りを捧げるあいだ、しばし沈黙を保つよう求められた。

コエーリョがより親密に告白をした晩にはほかにも同席者がいることが多く、上品で控えめな彼の妻クリスチーナも、よく一緒に話を聞いてもかまわないかと尋ねてきた。ある時、コエーリョは彼女にこう宣言した。「これからするのは、君がまだ一度も耳にしたことのない話だから、よく注意して聞いていてくれ。私は、自分が今までどんな人間だったか、そして現在はどんな人間であり、けっして虚構で固められてはいないということをみんなに知ってもらうため、裸になってすべてを語る決心をしたから」

夜のインタビューは海とは反対側に位置する食堂で続けられた。テーブルの上には決まってスペイン風ハムとチーズをつまみに美味しいイタリアンワインが用意され、その場に居合わせた全員が打ち明け話に参加した。何よりもこの時間帯には電話もファックスもコンピューターも黙ったままで外部からの邪魔はまったく入らず、流行作家として世界中から追い回されている昼間にはとうてい有り得ない静けさだけが存在していた。

そのうちの一夜にはスペインの若い女子大生たちも参加した。パウラ、アナ姉妹とその友人マリアだ。マドリッドの大学で勉強している彼女たちは、夏期休暇のたびにリオデジャネイロの多国籍企業で働いている両親に会いに来るのだという。私が三人と出会ったのはマドリッドからの機内だった。作家パウロ・コエーリョとインタビュー集を作る予定だと告げると、彼女たちの目が輝いた。それというのも、その時ちょうどそれぞれが読んでいたのが『ブリーダ』『第五の山』『ピエドラ川のほとりで私は泣いた』だったからだ。私は彼女たちの瞳のなかにパウロ・コエーリョに会えたらいいなという願いを読み取った。

ある種の前兆にとても敏感なコエーリョは、自分の著作を読みながらリオにやってきた三人の女子大生と私の出会いを、対談集の制作にとって幸先の良いものと解釈した。

作家と彼女たちの出会いは感動的なだけでなく、活発で積極的、誠実な対話がなされた。そのうえ、異例の特別ゲストが参加することとなった。マウロ・サーレス。広告会社の経営者で識者として知られる詩人で、ブラジルでは人々の尊敬の的であり、コエーリョが心の父と慕う人物だ。マウロとコエーリョは夫人同伴で毎年、人里離れたルルドの洞窟で大晦日を祝う仲でもある。対談中、サーレスは若い女性たちのあいだに座って、彼女たちの話す内容をメモしたり、ここぞというところで口をはさんだりしていた。

作家であると同時に魔術師でもあるコエーリョはいくつかの儀式には忠実で、それらをあえて隠そうともしない。黒魔術や悪魔の儀式といった過去の痛々しい体験を語る決心をした晩には電気を消して蠟燭の炎を灯した。「この手の話をするには、このほうがやりやすいんだ」とコメントすると、すべてを洗いざらい話してくれた。こちらから質問する必要のないほどに、まるで心に残された古傷を思い出しながら自分自身に語りかけるように。

対談中、コエーリョが最も感情を高ぶらせた瞬間の一つは、彼の人生を激変させることになったドイツ・ダッハウ強制収容所での精神的体験を語っていた最中に起こった。突然泣き出した彼は、しばらく沈黙すると、われわれを安心させようと思ったのか「ちょっと飲みすぎたらしい」と呟いた。また最も喜びに満たされたのは、クリスチーナがテーブルの下に白い鳥の羽根を見つけた時だった。彼女が「ほら、パウロ。ここにこんなものが」と言って拾った羽根を手渡すと、コエーリョは顔を輝かせ、感激しながら礼を述べた。「ありがとう、クリスチーナ!」。なぜなら、突然の羽根の出現は、彼にとって新しい本が生まれる前兆だからだ。そしてそれが起こったのは、この対談がほぼ終わりに差しかかった頃のことだった。

コエーリョはこのインタビューを、リオの淡い冬の日差しに照らされたコパカバーナの海岸を臨む彼の寝室、対談を始めた場所で締めくくりたいと考えていた。私が、あなたは自分自身を作家であるとともに魔術師であると考えているかと問うと、彼はこう答えた。

「ああ、確かに私は魔術師でもある。だけど何も私だけではなく、自分の運命を追い求め、ものごとに隠された言葉を読むことができる人たちは皆、魔術師なんだよ」

この本を編集するにあたり、私は作家とのざっくばらんで親しげなやり取りをそのまま保ちたかった。時にはちょっとした議論があり、また時には親密な雰囲気から生み出された告白もあったが、信頼の証しとして、コエーリョは本文のチェックは一切したくないと私の裁量に委ねてくれた。よって、本書の文責はすべて私にある。

パウロ・コエーリョのことを間近でより良く理解しているマウロ・サーレスには心から感謝している。このブラジル人作家の複雑かつ豊かなひととなりをさらに深く理解するために、彼は寛大にも精神面のバックアップを買って出てくれ、惜しみなく情報を提供してくれた。

そしてコエーリョの昔からの、および新たな読者の皆様には、対談中、たえずコエーリョの関心の対象であったのはあなたがただということを申し上げておきたい。何らかの見解を述べ、豊富で多忙な生活の知られざる局面を明かすたびに、コエーリョはつねに自分の前に読者の存在を意識していた。したがって、あなたがたこそがまさに本書の真の主役であり、また、この本の行き着く最終目的地でもあるのだ。

パウロ・コエーリョとはどんな人物なのか？

パウロ・コエーリョ。世界的なベストセラー作家の一人である彼は、一九四七年八月二十四日生まれの乙女座だ。崇拝する文豪ホルヘ・ルイス・ボルヘスとまったく同じ誕生日、同じ星座（もちろんボルヘスよりも何年もあとだが）に生まれたことを誇りに思っている。若かりし頃、ボルヘスのほとんどの詩を暗唱したのちに、直接本人に会うためリオデジャネイロからバスに乗り、ブエノスアイレスまで四十八時間の旅を決行した。少なからぬハプニングの末、やっとのことでボルヘスを見つけ出したというのに、彼の前では一言も発することができなかった。巨匠を目にしたとたん「崇拝の的とは語らないものなんだ」と思い至り、リオに戻ったのだという。

コエーリョの名を世界中に知らしめることになった代表作『アルケミスト』をはじめとする作品に、ボルヘスの影響が多く見受けられるのは否定できない。エンジニアのペドロ・ケイマ・コエーリョ・ヂ・ソウザの好奇心旺盛な落ち着きのない息子に、作家への志を吹き込んだのがこのアルゼンチンの天才文学者だったことは疑う余地もない。もっとも、父親はパウロが弁護士になることを望んでいたのだが。そして父親に反発したがために、のちに彼は精神病院へ入れられることになる。

実際、難産の末に――信心深い母リジア・アラリペ・コエーリョは生まれたばかりのパウロに診療所のなかで洗礼を受けさせたほどだった――この世に生まれてきた少年パウロは、ずっと芸術家になることを夢見ていたが、中流階級の上であったコエーリョ家にとってそれはちっとも好ましいことではなかった。そんなこともあって彼は学業には身が入らなかったようだ。ボルヘスだけでなくヘンリー・ミラーの作品を読むのも好きだったパウロは、演劇に夢中になり始める。学力が向上していないことを知るや、彼の両親は息子を当時リオデジャネイロでも厳格なことで有名だったサン・イナシオにあるイエズス会の学校へと入学させた。そこで彼は規律正しい生活を学びはしたが、同時に信仰心を失った。しかし、文学への関心を失うことはなかった。それは初めて参加した校内作詩コンクールで優勝したことからも証明できる。

コエーリョは昔ながらの慣習に従うことを嫌い、新しいものごとへの探求心が旺盛であったため、人生に出現するすべての善と悪を試してみた。ゲリラ活動とヒッピームーブメントが生まれた一九六八年の熱狂の真っ只中、未来の作家はマルクスとエンゲルス、チェ・ゲバラに傾倒して選挙集会やデモに参加した。あらゆる革新派の活動に首を突っ込み、ラブ・アンド・ピース世代の一員となった。

だがちょうどその頃、コエーリョの無神論主義は危機を迎え始めていた。彼は新たな精神体験を求め、麻薬や幻覚剤、異端派のセクトや魔術を経験し、カルロス・カスタネーダの足跡を追って中南米各地を旅した。

最終的には父親の意向に添ってリオデジャネイロ大学法学部に入学するが、程なく演劇という新たな夢に専念するため学業を放棄する。精神病院を抜け出したあと、役者として稼いだ金でアメリカへ渡り、金が尽きるとヒッピーたちのもとへ転がり込んだ。

それでも書くことに対する情熱は変わらず、ジャーナリズムに走って『２００１年』というタイトルのいわゆるオルタナティブ誌を創刊する。雑誌自体は二号目で打ち止めとなったが、コエーリョにとっては大変重要な出来事となった。掲載記事を通じてミュージシャン兼プロデューサーのハウル・セイシャスとつながり、その後、彼に多くの歌詞を提供することになったからだ。それはコエーリョの人生で最初に訪れた華々しい時代だった。ハウルは歌手として世界を股にかけて精力的に活動し、コエーリョは作詞家として得た収入で五つものマンションを購入する。さらにリオの新聞「オ・グローボ」に連載を持ち、一九七四年には教育分野における演劇に関する初の著作を出版した。

アレイスター・クロウリーからインスピレーションを与えられた黒魔術の体験も、彼の最も痛々しい過去の一つである。苦しく困難な経験については本文中で詳しく触れている。破滅寸前にまで追い込まれた黒魔術の鎖からやっと解放された矢先に、今度はさらに辛い経験をすることになる。ブラジル軍事政権時代の軍警察による誘拐と拷問だ。

奇跡的にもこの誘拐と残酷な拷問から逃れることができたコエーリョは、麻薬の狂気と黒魔術に終止符を打ち、普通の生活に戻ることを決心して、さまざまなレコード会社との仕事を始める。しかし、一九七六年、内に潜んでいた作家願望の虫がまたもや騒ぎ出し、ブラジルの雑誌の特派員としてイギリスへ派遣された際、半生を文章に表そうと決意し、執筆に一年を費やした。けれども、ブラジルへの帰国直前に原稿をロンドンのパブに置き忘れ、結局、その作品が日の目を見ることはなかった。

三回の結婚に失敗したあと、一九八一年に、現在もなお幸せに暮らしている最愛の妻、クリスチーナ・オイチシカと結婚。画家である彼女はのちに世界的大作家としてのコエーリョの成功をともに分かち合うことになる。だが、結婚後もコエーリョの旅に対する情熱と人生の使命を探求する心が失われることはなかった。有り金をすべてはたいて半年間世界中を巡った彼は、最終的にドイツの強制収容所跡で強烈な精神的体験をするに至る。その体験によって彼の人生は急展開し、かつて両親から強いられたカトリックの信仰へと立ち帰り、中世の巡礼者たちと同様に、サンティアゴ・デ・コンポステーラへの七百キロの道のりを師とともに五十五日間かけて歩くことになった。

その巡礼の経験が、彼の初めての文学作品となる『星の巡礼』の出版へと駆り立てた。この処女作のあと『アルケミスト』から最新作『ベロニカは死ぬことにした』まで次々と著作を発表し、世界のベストセラー作家十人の一人に数えられる不動の地位を確立した。止まることのない物議や愛憎を巻き起こしながらも、微笑みと自信を失わずに〝世紀末に生きる人々の心のなかに失われてしまった喜びを神秘と魔術によって呼び覚まし、機械化された単調な社会の退屈さと孤立無援から救い出す〟という使命感を持って前進し続ける作家である。

コエーリョはよく三回生まれ変わっても十分なほど金があると言っている。多額の収入があることから、毎年、著作権から得られる四十万ドルを彼の名を冠した財団に寄付し、管理はクリスチーナが担っている。財団の活動は、リオの最も貧しいスラム街の見放された子供たちや身寄りのない老人たちに対する支援、ブラジルの古典作家の作品の外国語への翻訳、そしてブラジル先史時代の研究だ。ブラジルでは、世俗的なものと神聖なものとのあいだに何の区別もなく、誰一人として精霊を信じることを恥じたりしない。彼が祖国ブラジルのために惜しみなく私財を投じる理由は、そんなお国柄に心底ほれ込み、世界で最も魅惑的な国と感じているからだ。

第1章　前兆

《前兆とは、宇宙の魂との対話を展開させるアルファベットだ》

パウロ・コエーリョを批判する文芸評論家の多くは、彼が作家以上の存在だということを理解していない。多才なこの作家は二〇世紀末における象徴的な人物だ。彼の作品は単なるフィクションを超え、それゆえに困難に立ち向かう情熱と揺るぎない支持を引き起こす。だからこそ彼と読者のあいだには、他の作家には見られない関係ができあがるのだ。私はそのことをリオデジャネイロのブラジル銀行文化センターでしかと確認することができた。それは〝朗読会見〟と銘打たれた催しで、コエーリョが彼の作品『第五の山』の数ページを千人ほどの聴衆を前に朗読し、その後、会場からの質疑を受けつけるというものだった。ところが、この文化的行事は図らずも集団精神療法のセッションと化してしまった。質問事項は前もって文書で提出しなければならないとされていたにもかかわらず、人々は規則を無視して作家と直接対話しようと立ち上がり、皆の前でコエーリョの作品がどのように自分の人生を変えたかを告白し出したのだ。彼らはコエーリョのすべてを知りたがっている様子で、著書にサインをしてもらう順番が回ってくると涙を流しながら彼に抱きついた。たった一人の作家の存在が引き起こしたこの出来事は何時間にも及んだ。

今日、パウロ・コエーリョは基本的には執筆活動に専念している。長年、作家になるために闘い続け、自身が望んでいた以上のものを達成できた。それでもなお、彼は人生に没頭し続けている。注意深く観察し、宇宙に隠されたアルファベットや暗号化されたメッセージのごとく送られてくる前兆、私たちを取り巻く事象を読み取ることが好きな作家だ。

われわれの対談はまさにこの前兆の一つとともに始まった。初日の約束は午後二時となっていた。これは半年前から予定されていたことだ。私は時間どおりコパカバーナ海岸沿いにある彼の邸宅に到着したが、コエーリョは起き抜けの散歩からまだ帰っていないと守衛に言われた。この散歩は彼の日課になっていて、ココヤシの果汁を味わったり、彼に気づいて寄ってくる人たちに挨拶したりするらしい。仕方なく隣接するバーで座って待っていると、三十分遅れで彼は笑顔で、だが心配した様子でやってきた。そして私がテープレコーダーのスイッチを入れるのも待たずに、矢継ぎ早に今しがた起こったことを話し出した。彼はそれを人生において深く考えさせるよう仕向けられた前兆の一つと捉えていたからだ。どうやらそれは彼にとってよほど印象深い出来事だったらしく、後日、毎週日曜日にリオデジャネイロの新聞「オ・グローボ」に連載しているコラムのテーマとしても取り上げていた。『道に倒れていた男』と題されたその記事を以下に転載しよう。

七月一日午後一時五分。コパカバーナ海岸の歩道に五十歳くらいの男性が倒れていた。私は彼に気づいたが、一瞥を投げかけただけで、いつもココヤシ水を飲む海辺の屋台へと歩き続けた。

　カリオカ（リオっ子）である私は、今までに何百回（何千回？）となく道に倒れた男女や子供たちと遭遇してきた。また世界各地を訪れることも多いが、行く先々で——豊かなスウェーデンから貧しいルーマニアまで——まったく同じシーンを見てきた。それも一年中、季節に関係なく同じシーンなのだ。マドリッドやニューヨーク、パリの凍てつく冬には地下鉄駅の暖かい風が吹き出る排気口付近で、レバノンの焼けつくような大地では戦争による爆撃で崩壊した建物のあいだで。酔っ払い、見捨てられ、あるいはくたびれ果てて路上に倒れ込んだ人たちというのは、私たちの日常生活では何ら珍しいものではないのだ。

　ココヤシ水を飲み干すと家路を急いだ。スペインの新聞「エル・パイス」の記者ファン・アリアスとの約束の時間が迫っていたからだ。帰路、先程の男性は相変わらず炎天下に横たわっていた。一体何人の人々が、私と同じように見て見ぬふりをして通り過ぎていったであろうか。

　これといって何か感じたわけでもなかったが、きっと私の心は何度となく同じシーンを見ることにうんざりしていたのだろう。胸中から込み上げる強い衝動に突き動かされ、私は彼の傍らにひざまずいた。

　男性はピクリともしなかった。頭を傾けてみるとこめかみの辺りに血がこびりついている。どうしよう？　深刻な事態なのだろうか？　私は自分の着ていたシャツで血を拭った。どうやら重傷ではなさそうだ。

　その時、男性が「殴らないでくれとあいつらに言ってくれ」というようなことを呟いた。よし、とりあえず生きている。そこで私は彼をより安全な場所へと移動させ、警察を呼ぼうと思った。最初に通りかかった人を呼び止め、倒れている男性を歩道と砂浜のあいだにある日陰まで運ぶのを手伝ってくれるよう頼んだ。その人は自分のことはさておき手を貸してくれた。たぶん、彼の心もまたそのようなシーンを見ることにうんざりしていたのだろう。

男性を日陰に連れていくと私は自宅に向かって歩き出した。近くに駐在所があるので、そこで助けを求めるつもりだったからだ。しかし途中でたまたま二名の警官と出くわした。「けがをした男性が○○番地の前に倒れていました。とりあえず日陰に運びましたが、救急車を呼ばなければ」と言うと、あとは自分たちがどうにかしようとの答えが返ってきた。さあ、これでOKだ。自分の役目はしっかり果たしたぞ。今日は良いおこないをしたなあ！　これでこの件は別の人の手に委ねられ、あとは彼らが責任を持ってやってくれるだろう。私は、そろそろスペイン人記者が家に着く頃だなと思った。

そこから十歩も進まぬところで一人の外国人が寄ってきて、つたないポルトガル語で話しかけてきた。「私もさっき、道で倒れていた男のことをあの警官たちに知らせたんだけど、『強盗事件でもなければわれわれには関係ない』って……」

話を最後まで聞き終わらないうちに、私は先程の警官たちのほうへ取って返していた。彼らが、テレビに出演し新聞に連載している著名人として私の顔ぐらい知っているだろうと確信しながら。そして〝成功は多くのことを解決できる〟という誤った幻想を抱きながら。辛辣な口調で助けを求める私に、一方の警官がこう訊いた。「あなたには何か権限があるのか？」二人とも私が誰だかなどまったくわかっていなかったのだ。私は「いいえ」と答えた。「けれども、とにかくこの件は早く解決しましょう」

私は汗だくで、しかも男性の血が染み付いたシャツに古いジーンズを切った半ズボンというひどい格好をしていた。警官たちにしてみれば、私は単なる無名のその辺にいる輩で、それどころか道に倒れている人々を見るのに疲れ、自分の人生で一度だってそんな人たちのために何もしたことがない、何の権限もない男だったわけだ。

ところが事態は一変した。人間にはあらゆる恐怖を超えたところへ飛躍する瞬間がある。それはその人の目が尋常でない様相を呈し、真剣な思いが相手の心にストレートに伝わる瞬間だ。警官たちは急に神妙な顔つきになると、私の言い分を聞き入れて現場まで同行し、救急車を呼びに行った。

帰宅の道すがら、この散歩で得た三つの教訓を思い起こした。

a――私たちは皆、心から純粋な状態である場合には、不当な行為を止めることができる。

b――「自分で始めたことだから、最後までやり遂げろ」と告げる相手が必ず現れる。

c――人は誰しも、自分のしていることをきちんと確信している時、権限を持っている。

• •

ファン・アリアス（以下ファン）　私と会う前にあなたが海岸で経験したような前兆をいかに読み取り、みずからの人生に生かしていくか。それは、あなたの著書に繰り返し出てくるテーマでもありますが、どのような時にそれが本当の前兆だと考えるのですか？　すべての出来事を前兆だと決めつけるのは簡単でしょうが……。

パウロ・コエーリョ（以下パウロ）　確かにあなたの言うとおりだ。何でもかんでも前兆と見なしていたら、しまいには妄想症になりかねないからね。いいかい、たとえば今、私はあなたのパートナー、ホゼアーナのハンドバッグに施されたバラの刺繍を見つめているが、そこにある私のパソコンのなかにもリジューの聖テレーズとバラの画像が入っているんだ。この偶然を聖テレーズについての共有性の明確な前兆だと言う人もいるかもしれないけど、逐一そうしていたら、とんでもないことになる。だって、ギャラクシーというタバコを見たら銀河について話をしなければ、なんて考えることになってしまうだろ。だから、そういうことではないんだ。

ファン　では、どのようなものが前兆なのでしょうか？

パウロ　前兆というのはある種の言語で、世界もしくは宇宙の魂というか、神、あるいは君の呼びたいように呼んでくれていいけれど、そういった大いなる存在と対話するために展開されるアルファベットだと私は考えている。それはアルファベットと同様に一個一個ばらばらで、間違えながら覚えていくものだ。そしてそれは、精神的探求がグローバル化するのを防いでくれているんだ。

ファン　精神的なもののグローバル化とは？

パウロ　私は、今後百年間の人類の傾向として、スピリチュアルなものの探求へと向かっていくのではないかと踏んでいる。今世紀はもうすぐ終わろうとしているけど、今まで以上に人々はこういったテーマにオープンになってきているようだ。〝宗教はアヘンだ〟という警句が限界を迎えていることに少しずつ気づき出したんだろう。何よりも、率先してそう言っている人々に限って、一度だってアヘンを試したことなんかないだろうからね。宗教的なものを探求し始めた頃の状況というのは、未知の海に潜り込んだようなものでね。見知らぬ海で溺れたら、恐怖心に駆られ、何とか助かろうと一番近くにいる人にしがみつくだろう。だから、そういう時には他の人々とつながったり、魂を共有したりする必要があるんだ。

だけどそれと同時に、サンティアゴの道を巡礼するようにそれぞれが自分自身の足で歩く必要もある。自分の運命を見つける何らかの手がかりに出くわすことを期待しながら、何が起こるかわからない暗闇のなかを歩き出すんだ。そしてそれらの手がかりは、より豊かな一種のアルファベットを通じて私たちのもとに届き、何をすべきか、何をすべきではないかを直感する助けとなってくれる。

ファン　でも自分に都合の良い前兆だけを見たり、本来進むべき道から外れたりする危険があるとは思いませんか？　どうすれば本当の前兆だという確信が持てるのでしょうか？

パウロ　いや、その危険はないよ。最初のうちはほとんどどれも前兆だなんて考えられないんだが、次第に本当にそうだろうかと自分を疑うようになり、その後、すべてが前兆のように感じられる時期を通り過ぎて、最終的には探さなくても一度ならず二度、三度と前兆が現れるようになって……その時、現実のはるか彼方にある言語の前に自分がいることに気がつくんだ。

ファン　できれば、最近起こった出来事のなかから、あなたが前兆だと解釈した個人的な例を挙げていただけますか？

パウロ　先程そのパソコンにリジューの聖テレーズの画像が入っていると言ったよね。不思議に思うかもしれないけど、私がこの若くして亡くなったフランスの聖女を信仰するようになったのも、今述べたようなプロセスを通じてなんだ。それまで彼女とはまったく縁がなかったのに、ある時を境に少しずつ私の人生に現れるようになってね。そこで彼女について書かれた本を読んでみたんだが、第一印象はただ悲しいだけで、単なる哀れでヒステリックな女性ぐらいにしか思わなかった。

ファン 余談ですが、フランスで最初に出版された、教会の偉大な聖人たちの筆跡学に関する書物は一大スキャンダルを巻き起こしたらしいんです。それというのも「聖人として崇拝されているこれらの偉大な人々は、信仰の道に進んでいなければ、男性は著名な犯罪者、女性は崇高な売春婦になっていただろう」という見解が述べられていたからなんですよ。その時、筆跡学者はこう釈明したそうです。「要するに、彼らはあまりに強烈な人格を備えていたがゆえに、その熱意が宗教的に昇華されていなかったとすれば、偉大なる殺人者や売春婦になっていた可能性があるかもしれないということだ」

パウロ 確かに一理ある。だけど、それは何も聖人に限った話ではないよ。優秀な外科医は相当量のサディズムを昇華させなければ上手な手術はできないというし、良い精神科医は少なくともちょっとした狂気を持つべきだとも言われている。

ファン 作家は?

(パウロ・コエーリョは笑いながらこう答えた。「作家にだって犯罪者めいた一面はあると思うよ。特にミステリーや犯罪物を書いている人たちにはね……」)

ファン 聖テレーズの話に戻りますが、どんなふうに事が始まったのでしょうか?

パウロ 去年のことだよ。ちょうどマドリッドであなたと出会う一週間前、ドイツでブックフェアに参加する前に、ある子供の洗礼式に立ち会ってね。式後の夕食会の席上で、洗礼を執りおこなった神父が私に聖テレーズの話をして、彼女に関する本をくれたんだ。でも、私はそれをホテルに置いてきてしまったけどね。旅行に何冊も本を持ち歩くのを私が嫌っていることは、もうあなたもわかっていると思うけど、ましてやそれが興味のないものだったらなおさらだからね。その神父との別れ際に、私は彼に祝福してくれるよう頼んだんだ。その後、長い旅を控えてもいたから。彼は私を隅のほうに連れていって祝福してくれた。ところが、すぐにひざまずいて「今度はあなたが私を祝福してほしい」と言い出したんだ。「私が？」何が何だかわからずに彼に聞き返したよ。だって普通は聖職者が人々を祝福するものだろう。その逆なんかまったく考えたこともなかったからね。でも、あんまりしつこく頼んでくるから、機嫌を損ねてもと思い、彼を祝福したんだ。

そこからすべてが始まった。ブックフェアの開会直前（その時すでに神父からもらった本は読まずに捨ててしまっていたんだが）、一人の男性が私に近づいてきて「聖テレーズからあなたへのメッセージを預かっています」と告げてね。それは私の人生で〝何か〟を信じる時が来たという知らせだったんだ。ちょっと話が脱線するけど、たとえば誰かに「こっちに来て、馬が空を飛ぶのを見よう」と言われたとしよう。私はそれを信じてついていく。もちろん嘘は容赦しないがね。まずは人を信頼することから始めるんだ。それに、今までにも自分の人生で多くの奇跡を目の当たりにしてきたから、見知らぬ男性に「聖テレーズからのメッセージを持ってきた」と言われても信じられたんだよ。

フアン　けれども、その後のあなたの人生で、その聖女が重要なものとなる前兆だと理解するには、もっと何かが起こらないと弱い気がしますが。

パウロ　もちろん。それ以来、自分が思いもしなかったことを発見することになったんだ。たとえばこれは（若い頃私を精神病院に放り込んだ）父を通して知ったんだが、私の母はこの聖女の敬虔な信仰者だったらしい。あとは現在、私の外国旅行についての映画をフランス・カナダ・アメリカが共同制作しているんだけど、日本を訪れた際に一人のカメラマンが——もちろんそれまで一度もそのテーマに触れたことはなかったのに——私にこう言ってきたのさ。「実は今、聖テレーズについての映画を撮っていて、僕はその聖女を信仰しているのですが、もしよろしければ何か聖テレーズについてお話していただけませんか。あなたが彼女を信じていないことを承知のうえでお願いするのですが……」。私は「聖テレーズを信じていないだって？　とんでもない!!」と叫んだよ。これらの出来事は前兆さ。私は今、あなたに物語を語っている。拒否することから始まったものがのちに前兆として現れてくる時には、とても個人的で明確な言葉のなかに出現してくるという物語をね。

ファン　でも、もし判断を誤って、間違った前兆の痕跡を追っていったとしたら、どうなってしまうのでしょうか？　それが人生を害することはないのでしょうか？

パウロ　それはデリケートかつ重要なテーマだね。私はある前兆に従って、それが最終的に違っていたことがわかって道を誤ったとしても危険だとは思わない。私がスピリチュアルな探求にとっての最大の危険と考えているのは、グルや偽りの師、原理主義といった、先程、精神的探求のグローバル化と呼んだものだ。たとえば、誰かが他の人のところへやってきて「神というのはこれこれこういうもので、私の神のほうがあなたの神よりもずっと偉大だ」なんて言うから戦争が始まる。そのような争いを避ける唯一の方法は、精神性の探求とは個々の責任であり、他人に譲ることも任せることもできないってことを認識することだ。他人に自分の運命を決められるよりは、自分を導いてくれていると信じた前兆に従って間違うほうがはるかにいい。これは何も宗教批判をしているのではなく、人間の人生においてとても大切だと考えている点なんだ。

ファン　では、あなたにとって宗教とは何なのでしょうか？

パウロ　私は宗教というものを、集団で崇拝する方法を見出した人々の集まりと見なしている。崇拝であって服従ではない。この二つはまったく異なるものだ。ブッダを崇拝しようとアラーやキリストを崇拝しようと、そんなことは重要ではない。大切なのはその瞬間にそこに居合わせた人たちが一緒に神秘的なものにつながり、より団結した気持ちになり、人生に対してより開放的になって、この世で自分は一人ではない、孤立して生きているのではないと知ること。これが私にとっての宗教であって、けっして他者によって課せられた規則や戒律の寄せ集めではない。

ファン　しかし、私の記憶違いでなければ、あなたは無神論者の時代を経てカトリック信者に回帰し、カトリックの教義《ドグマ》を受け入れたと……。

パウロ　ドグマについて議論し出したらきりがないだろう。ただ、ドグマというのは単に自分が受け入れたいから受け入れるもので、課せられたから受け入れるものではない。幼い頃はわけもわからず「無原罪のマリアの受胎……キリストは神……神は三位一体……」と皆が言うのをまねしていたけど、その後、保守的な神学も解放の神学も、ありとあらゆる神学を知ったよ。神学とは変化し、進化する形式なんだ。たとえば私は今五十歳だけど、ドグマは何百年も続いているものだからね。ユングによると、ドグマとは、人間の思考のより明確で不可思議で独創的な表明からなる一見不合理なものだ。なぜならそれは意識を超えたところにあるものだからだと。

今では私は、ドグマが不合理なものだと思えても、自由に心から受け入れている。過去のように押しつけられ、強制されたからではなく、神秘的な出来事を前に謙虚になろうと努めているから受け入れているんだ。基本的にはすべての宗教がそれぞれのドグマを持っていて、それらのドグマはいずれも最も奥深く秘められた神秘の理論的枠組《パラダイム》みなんだよ。私にはそれが素晴らしいことに思える。だって理屈で割りきれないことが真実ではないとは言いきれないからね。神秘は存在するんだから。

ファン　良くないのは、宗教が永遠の罪への恐怖によって、ドグマを押しつけていることでしょうね。

パウロ　私はそれを少年時代に経験したよ。だから信仰を捨てて無神論者になったんだ。カトリシズムはこの世で最悪の一セクトにすぎないと納得させられてね。そんなわけで、そこへ戻るまでには長い道のりを経なければならなかった。カトリックが他の宗教よりも良いとか悪いとか言わないけど、私の文化的なルーツや血がカトリシズムに基づいているのは事実で、私にとってはカトリシズムへの回帰は個人の自由な選択だった。イスラム教や仏教を選ぶことも、あるいはまったく何も選ばないこともできた。ただ自分の人生で無神論ではない何かが必要だったから、同じように感じている人たちと神秘を共有する形としてカトリシズムを選んだのさ。だから、これはミサをおこなう神父とは何の関係もない。ドグマとは宗教儀式を超えたものであり、神秘の探求は大いなる自由の追求なのだから。

ファン　しかしながら、あなたが神聖なものとつながる形として受け入れているドグマが、それを受け入れなかった者を迫害するために異端審問所を創設したような組織に由来すると知って問題だと思いませんか？

パウロ　もちろん、異端審問については問題だと思うけど。教会がいまだに女性に対して聖職者への門戸を開いていない点についてもね。

ファン　数限りなく権力を乱用し、良心の呵責もなく人々を牢屋送りにしてきた組織ですからね。

パウロ　ラテンアメリカは散々苦しめられてきたし、スペインだって損害を被ったよね？

ファン　それにもかかわらず、そのドグマを受け入れることは問題だとは……。

パウロ　思わないな。宗教の本質とそれに携わる人間を区別して考えているから。人間は善にも悪にもなり得るし、宗教を悪用することもできるからね。私は宗教を人々の集合体、すべての苦難と崇高なものによって発展してゆく一つの生身の体と捉えているんだ。

ファン　あなたが宗教から取り戻しているのは、信者たちのあいだで共有できるものや神秘的なものだと理解してよろしいでしょうか？

パウロ　そのとおり。私が興味を持つのは神秘的な出来事を信じる人たちであって神秘的な出来事を祝う人たちではない。こんなこと言ったら怒られるかもしれないけどね。神秘は祀りごとをする聖職者たちを超えたところにあるのだから。「よきサマリア人」のたとえ話のなかで、イエスは傷を負った人の横を立ち止まらずに通り過ぎる神官を非難する一方、そのけが人を手当てするサマリア人を褒めたたえる。その時代、神官は信心深い者、サマリア人は無神論者とされていたのにね。

ファン　すべての精神的探求に、制度化された教会は必要だと思いますか？

パウロ　いや、むしろ逆だね。教会に入る時には、そこにいる人たちによってあなた自身の責任を彼らのものにされてしまわないよう、よく注意しなければならない。宗教が本来あるべき姿になっていれば、スピリチュアルなものの個人的探求と矛盾することはないのだろうけど、多くの場合、宗教としての役目を果たしていないから。重要なのは自分の内部に大きな無の空間を作り出すこと。余分なものを捨て、つねに自分の道にいて、本質とともに生きるということを理解することだ。ヒッピー時代にはポスター、レコード、本、雑誌など、何千という物にまみれて暮らしていたのを思い出す。無の空間がまったくなくてね。今はそんな状態から解放されたよ。見てのとおり、私の家はとても広いけど空っぽだろう？　いくつかの象徴的なものだけをとってあるだけで。本も見えないところに隠してあるよ。自分が今までに読んだ本や今読んでいる本をひけらかしたくないものでね。

ファン　無を作り出すことの重要性とは大変興味深いですね。そういえば、老子が彼の詩のなかで素晴らしいことを言っていましたね。

三十本の輻《や》が車の中心である轂《こしき》に向かって集まっている。その輻《や》と輻《や》のあいだの空間に、車輪としての機能がある。

もしもこの空間がなければ車輪が重くなり、引くこともできなくなるであろう。

粘土を固めて食器を造るが、その何もない空間のところに、食器としての有用性がある。

もしその空間がなければ、食物を入れることはできない。

部屋には戸や窓をあける。

もしこの空間がなければ、暗くなって部屋として役立たないであろう。

このように有が有として役立つのは、その背景に無の働きがあるからである。

（森三樹三郎著『無の思想・老荘思想の系譜』講談社現代新書より）

パウロ　この老子の詩はみごとだね。実際、私は今、自分の生活をできるだけシンプルに、本質的なものだけにするように心がけている。旅に出る時にも身軽な気分でいられるよう、必要最小限のものだけしか持たないし。

ブッダは「性的不能者が貞潔を誓うこと、貧しい者が富を放棄することはとても易しい」と言っている。私は別に貞潔を誓ったわけではないが、旅を重ねるうちに人生というもののシンプルさ、幸せに生きるために必要なものは、ほんのわずかだということが少しずつわかってきたんだ。事実、旅行にはわずかな荷物しか持たないし、その最低限の荷物で短期の旅だけでなく長期の旅にも十分だとわかったよ。一度、自分のなかを空っぽにすることを知らなければ、満たされたと感じることは無理だ。いつの時代も、偉大な宗教の優れた神秘論者たちはとても上手く説明しているね。

ファン　どんなに面白いものを取り揃えても、人は物質的なものだけでは完全に幸せにはなれない、だから人間は魂の道を歩むべきだとあなたは主張しています。しかし、人はしばしば、恐怖心から精神的なものへと逃避しているとは考えられませんか？

パウロ　それはない。どうしてか？　いつの時代にも人間は明確でない、具体的でない、物質的でない未知のものを求めてきたからだよ。幾千通りの方法で、時には間違えながら、つっかえつっかえ探してきた。いつの時代にも、偉大な男たちや女たちは、未知のものを追い求める巡礼者だったのだから。

ファン　人間は発見すればするほど、さらに未知のものを探すようになると？

パウロ　そういうこと。時にはユートピアという欺瞞に囚われて生きることもあるだろう。マルクスのユートピアは、社会の構造をすべて変えて資本主義を排除することを試みたが、それを達成することはできなかった。もう一つのユートピアはフロイト主義で、過去にさかのぼって精神の治療をするというもの。三つ目のユートピアは保守主義で、何もせずにものごとをあるべき状態にして何も変えない、あるいはすべてが平等になるためにだけ変える。今世紀のこれらのユートピアは少なくとも大方の部分で失敗に終わったわけだ。

ファン　だとすると、それらに代わるものは？

パウロ　大いなる探求さ。未知の地点へと向かって歩き出すこと。危険や罠に満ちた困難な海へ、自分たちだけが考える世界観を押しつけるグルや師でいっぱいの海のなかにね。

　先程あなたは、しばしば恐怖心から人々が精神的探求へ向かうと言ったけれど、恐怖心から何もしようとせず海岸に座った状態でいることもあるだろう。人類は今一つの岐路に差しかかっていると思うんだ。一方は私たちがすでに知っている保守主義の道で、見通しは良いが、規則と法律で束縛され、行動を規制するシステムのような宗教からなるもの。もう一方は暗い森へ向かう誰も知らない新しい道で、真の創造的な文化、いまだに答えの見つからない問いを求め、人生を魂の冒険として受け入れることからなるものだ。

ファン　あなたに対する批判で、今世紀が終わったら誰もあなたの本を必要としないだろうというのがありますが。

パウロ　それは興味深い指摘だが、世紀が終わろうが終わるまいが私にとっては何も変わらないよ。日常的なことだし。それに二年後にはもう世紀末のことなど話題にならなくなるだろう。なぜならその頃には、何も変わらずそのままなのを目の当たりにしているだろうから。私をそのように批判している人たちは、たぶん世紀末に何か特別な出来事が起こると考えている人たちであって、私は何も起こらないと確信している。そりゃあ世紀の変わり目にはいろいろと混乱が生じて、二十一世紀の初日中は続くかもしれないけど、宇宙は存在し続けるし、人間は今までと同じ恐怖や希望、そして何世紀にもわたって一度も消えることのなかった無限の渇きを癒す何かを求めて生き続けるだろう。そして、その欲望が私たちを未知なるものの探求へと駆り立て続けるんだ。

(ちょうどこの時、コパカバーナ海岸の上空をヘリコプターが一機横切っていった。ヘリはリオデジャネイロの地下鉄にできた新駅の巨大広告をぶら下げていた。十五年の歳月をかけて、神秘的なコパカバーナ海岸までわずか五十メートルの地点まで地下鉄を延長したのだという。コエーリョはその広告の宣伝用フレーズを依頼されたが断わったと説明した。政治家たちの点数稼ぎに利用されるのが嫌だったというのが理由だ)

ファン 精神的探求のテーマに戻りますが、あなたは本当にそれを大いなる冒険と見なしているのですか?

パウロ 大いなる冒険とは人間の持つ最も刺激的なものだ。私にとって非常に魅惑的な町であるスペインのグラナダでは、一四九二年の時点ですべての論理がアフリカに向けられていた。モーロ人のグラナダ王国が陥落し、ボアブディル王は追放された。では次の冒険は? ジブラルタル海峡を越えてアフリカへ。そこで最後のモーロ人が降伏するのを見ながらある男が言った。「何がアフリカだよ! アフリカなんてもうわかりきってるじゃないか。俺は新大陸《インディアス》へ渡る金が欲しい」「インディアス? 何ばかなこと言ってるんだよ」。だって当時の論理ではアフリカが注目の的になっていたんだからね。これだから私は論理に従うのは嫌いで、逆説《パラドックス》の哲学のほうが好きなんだ。多くの場合、逆転の発想はすべての論理や明白な事実に打ち勝つからね。その男、クリストファー・コロンブスはその年その場所にいて、一年前でもなく、翌年に延期もせず、まさにグラナダでレコンキスタが完了した年に第一回目の航海に出た。その年、一四九二年の十月十二日、コロンブスはアメリカ大陸へと到達し、アフリカへ向けられるはずだった論理に基づいたスペインの全エネルギーの流れを、アメリカ大陸へ方向転換した。

ファン　そのおかげで、今われわれはここにいるのでしょうけれど。

パウロ　たぶんね。どうなっていたかなんて、知るのは不可能だけど、スペインの歴史は確実に変わっていただろう。確かなのは、その時代の政治家たちが試みていたことをまるっきり変えてしまったのが、政治制度でもなく軍事論理でもなく、一人の頑固な冒険家だったということだ。このような出来事が世界を変える。今日でも、規模の大小はあるにせよ、まったく同じようなことが起こっているよ。もちろん現代では、たったひとりの男が世界の流れを変えるのは、最も難しいことの一つだろうけど。しかし、未知なるものの探求を信じ続ける冒険家たちや、合理主義の厳しい規律に締めつけられることなく、自分の精神的エネルギーに従って生きるすべての冒険家たちが集まった時、ものごとを変えることのできる素晴らしい集団が生まれるだろう。現在は多くの人が思っている以上に魂の冒険家が存在しているんだ。彼らは見知らぬ海のなかを進み続け、自分がどうやったかも知らずに、最終的に歴史の風向きを変えているのさ。

ファン　日々の生活に汲々としている人々のなかにも、今おっしゃった魂の冒険家を見出すことはできるのでしょうか?

パウロ　もちろんだよ。彼らの瞳のなかには情熱の炎が輝いているからね。私は著作『光の戦士マニュアル』で、そういった未知のものを信じ続けるごく平凡な人々のことを話題にした。彼らは師になることなく師になっている人たち。事実私たちみんなが一日のあいだに何度となく弟子であったり師であったりしている。たとえば、コパカバーナ海岸でけが人を前にした警官たちの態度を私に知らせてくれたさっきの外国人のようにね。彼は私の師だったわけだ。だって私にブラジル人として何ができるかを認識させてくれたわけだから。私たちは皆、師になり得るんだよ。彼らはすべての人間に欠点や虚栄心、罪悪感があることを、またそれと同時に、何かはっきりとしたもの、たとえば瞳のなかに映る情熱があることも知っている。だから光の戦士であり、新しい魂の冒険家たちなんだ。そして、他者と異なっているとも、自分が特別な人間だとも感じることなく、熱心にこの世の中で自分の人生を生きている。

ファン　日常の出来事以外に新たな冒険の余地はないと考えている人々、現代人の大部分に蔓延している悲観主義や孤立感に対する解毒剤とでも言うのでしょうか……。

パウロ　そうだね。彼らは自分が一人ではないことを知っているから。あまり言われていないことだけど、私の本の成功の一つは、魂の冒険を求める人々の自覚を助けたことだと思っているよ。私の本は前兆でいっぱいだからね。もっとも、前兆については『アルケミスト』の一節でしか直接的には述べていないけど、読者のみんなには、私が何を言わんとしているか、ちゃんと伝わっていたんだよ。

ファン　でも、それはどうして？

パウロ　みんな同じ波動のなかにいるからさ。この場合、作家は単に冒険の仲間であって、冒険を伝授する人ではない。私の本に何か真新しいことが載っているだろうか？　何もないよ。では、私は読者と何を分かち合っているだろうか？　私の人生、私の体験さ。だから、まったく私とは異なる文化を持つ日本の読者が「前兆について今まではっきりとは意識してなくても、何となく気がついていました。この本を読んで、あまりに自分の体験と似ているので、私のことを書いているのだと思いました」なんて言ってくるんだよ。

ところで、私の最新小説『ベロニカは死ぬことにした』では狂気と自殺をテーマに取り上げているんだが、実を言うと、前もって原稿のコピーを十部作って、読んでもらおうと何人かの人に渡したんだ。何が驚いたって、その全員が、過去に自分の家庭で自殺または狂気の物語があったと知らせてきたんだよ。イギリスから受け取ったファックスには、こう書いてあった。「ご著書を拝読しました。とってもよかったです。私が人生で神を身近に感じなかった唯一の瞬間は自殺を試みた時だったけれど、それでも私は生き延びたわ」。文末にはアメリアとサインがしてあった。アメリアとはもう二十年前から一緒に仕事をしているが、彼女が自殺しようとしたことがあったなんてまったく思いもよらなかったよ。

ファン　つまり、作家は読者の経験の〝触媒者〟とでも言うのでしょうか。

パウロ　そう、触媒だ。要素は変化させない。触媒者の役割はまさにそれだ。他のものと混ぜたりはしないが、意思表示をするのには力を貸す。人々はものごとを発見してゆくものだ。ある人は法学を勉強しているが、本当は庭仕事のほうが好きだと気づく。そこに何千通もの手紙があるけど、転職して造園の仕事をしてみたいという人たちから届いたものだよ。「家族はエンジニアになればいいと思っているけど、自分は庭師として屋外で自然と触れ合って働くほうが性に合っている」とね。

ファン　それらの話はどれも皆、素晴らしいとは思いますが、そのようなあなたのメッセージに従って、失敗した人もいるとは考えたことはありませんか？

パウロ ああ、あるよ。私自身がそうだったから。

ファン 冗談でしょう？

パウロ いや、冗談ではないんだ。実際、私は誰にもメッセージを送ってはいない。作品のなかでは、自分の人生で起こった出来事を語るだけにとどめている。それは私の身に起こったことであって、あなたも私と同じようにしなさいとは付け加えていない。そんなことはしていないよ。私の悲惨な体験や過ち、そしてどうやってそれらの苦境から脱したかは書いているけど、それが万人にとっての解決策になるとは言ってない。だって、それぞれの人生は異なる個々のものだ。現に、もし地球上にいる人間を一列に並べてみたら、誰一人として同じ者はいないだろう。私は集団のメッセージを信じてはいないが、触媒や起爆の要因は信じている。たとえば、自分自身の経験から失敗と敗北はまったく別のものだと理解させようと努めている。失敗者とは自分の闘いに挑戦しようともしなかった人たちで、敗北者は闘うことはできた人たちだ。だからその闘いにおける敗北は不名誉なことではない。新たな勝利への踏み台になり得るのだから。あなたの著書『可能な愛』のなかで、ジョゼ・サラマーゴが上手く言い表していたようにね。「決定的な敗北も決定的な勝利も存在しない。なぜなら、今日の敗北は明日の勝利に変わることが可能なのだから……」

ファン あなたは神の信奉者だと宣言していますが、あなたにとって神とはどのような存在なのでしょうか？

パウロ 信仰の経験。ただそれだけだね。なぜかというと神を定義することは、ある種の策略だと判断しているから。ある講演会で同じ質問をされてね。私が「わかりません。私にとっての神はあなたにとっての神と同じものではないでしょうから」と答えたら、聴衆が拍手喝采していたよ。人々が感じている神はとても個人的なものなのだから、すべての人に当てはまる神は存在しない。

ファン　レオナルド・ボフはよく〝神とは大いなる情熱だ〟と言っていますが。

パウロ　その解釈でいけば、すべての人にとって同じになるかな。だって、私たちは皆、大いなる情熱を抱き、感じ取ることができるのだから。

ファン　そうなると、あなたにとっての無神論者とは?

パウロ　私にとっては、形式的に神を信じようと信じまいと何も変わりはない。だから、多くの信者と呼ばれる人たちよりも、千倍も素晴らしく振る舞っている無神論者たちのことも知っている。それにしばしば、信者は神を信じているという理由から、隣人の裁判官になろうとすることに熱心になることもあるし。私にとって無神論者とは、自身の行為を通してのみ神に対し意思表示ができる人たちだ。使徒ヤコブが「おこないのないあなたの信仰を私に見せてください。私はおこないによって私の信仰をあなたに見せてあげます」と言ったように、神の子だと認められるのに必要なのは行為であり、信仰告白ではない。

一方、私も含め、信者と呼ばれる人たちは、私たちの信仰がつねに脆いということを告白すべきだろう。たとえば、日中に強い信仰があっても、夕べにはその確信はかすんでいるかもしれない。信仰とはけっして一直線ではないのだから。

ファン　シチリアの作家レオナルド・シャーシャは「自分は歩道というものを信頼してきたが、通りを渡った瞬間からもう信頼しなくなった」と口癖のように言っていました。

パウロ そのとおりだね。違いは信者が多くの場合、信仰を感じていなくてもその向こうに何かが存在するという、ある種の確信を持っているという点だ。

ファン そういえば、あなたは「エネルギーの中心と繋がった時に喜びを感じる」とおっしゃっていましたが、その喜びとは何なのでしょうか?

パウロ それは単純なものではない。かつてサドマゾヒズムについて調べたこともあるが、喜びは時として痛みから生じることもあるから、理解するのは非常に難しいんだよ。普段、私はあまりメタファーを使わないんだが……ボルヘスは「真のメタファーは四つしか存在しない」と言ったが、その一つだけを使ってみよう。私にとっての喜びは〝真の闘い〟。幸せとはちょっと違う。私は幸せと喜びを関連づけたくはないんだ。なぜなら、私が持つ幸せの概念はとても退屈なものだから。何も起こらない日曜日の午後のように。『光の戦士マニュアル』には論争や試合、胸躍るような戦場での戦いについて書いてある。時には自分が負け、相手が勝つ。だけど重要なのは勝敗ではない。この本で言っているのは何かを達成するために闘うことさ。これが私にとっての人生の喜びだ。喜びとはいわば人生のなかで情熱を持っておこなうすべてのものごと。人生には痛みや苦しみもあるかもしれないけど、愛する何かのために闘っているという心からの喜びが消えることはない。

ファン それにもかかわらず、われわれは皆、苦痛を取り除いてくれる幸せを探して駆けずり回っている気がしますが。

パウロ それは一つの罠だと思う。幸せとは答えのない問いだ。たとえば「私は誰?」といったような無意味なね。それなのに人類は何千年にもわたって、この意味のない虚しい幸せというものを探して暮らしてきた。私にとって幸せとは何かとても抽象的なものだよ。事実、私は一度だって幸せだと感じたことはないんだ。

ファン　最新作が出版され、飛ぶように売れた時でさえ、幸せだとは感じないのですか？

パウロ　いや、感じないな。喜びは感じるけど。緊張の瞬間、挑戦の瞬間とでも言うかな。もちろん犠牲を伴ってまでしてきた闘いの成果だから喜びはもたらすよ。でも幸せはない。幸せをこのように言うことはできるだろうか。「ああ良かった、出版した作品は大成功。これでもう安定した作家だ。やっと幸せに眠れる」。だけどこれは真実ではない。浮き沈みが激しく、勝ったり負けたり、打ちひしがれることもあるけど、私は自分の人生に満足しているし、つねに喜びとともにある。闘牛士の喜びとともにね。実は、闘牛が大好きなんだ。もちろん政治的にとても不道徳なことだとはわかっているけど。

ファン　私はあれを愛でる気にはなれませんね。

パウロ　でも、私は好きなんだ。理由は生と死が真っ正面から突き合わされる瞬間だから。牛か闘牛士のどちらかが死ぬことになるのだから、そこには哲学が入る余地はない。それゆえ「牛も闘牛士も喜びを持たなければならない」と愛好家たちは言う。「喜びを持たない牛は闘牛には向いていない」とね。

ファン　しかし、大抵は闘牛士よりも牛のほうが死んでいますよね。

パウロ　確かにそのとおりだけど、時には死ぬのが闘牛士だったりする。でも、闘牛士は闘技場に出るたび、命がけだとわかっているから、闘牛が始まる前にはいつも聖母マリアに祈るのさ。だから私にとって新しい本が出る時というのは闘技場に飛び込んでいくようなものでね。危険だとはわかっているけれど喜んでいる。新たな挑戦を受け入れているからうれしいんだよ。負けるかもしれない、十字架にかけられるかもしれないと承知しながらも闘技場に飛び込む。自分がやりたかった〝新しい本を生み出すこと〟を達成した喜びをひしひしと感じながらね。

　私にとって人生とは闘牛のようなもので、つねに自分の責任という牛と闘っていなければならなくて、成し遂げられるかどうかはけっしてわからない。それらのすべてが私に喜びをもたらすが、幸せはもたらさない。

ファン　それでは、あなたにとっての不幸とはどんなものなのでしょうか？　どんな時に自分が不幸だと思いますか？

パウロ　あまりに快適な道を探している時、自分が臆病な瞬間に不幸だと感じるよ。矛盾しているけれど、幸せの快適さを探している時に自分が不幸だと感じる。

ファン　あなたはご自身が極端なものを好む人間だとおっしゃっていましたね。闘う喜びのほうを好むということは、勝ち取った平和という調和は好きではないのでは？

パウロ　そうなんだ。自分の人生で一度だって調和を求めたことはない。闘うことを止め、「やっとここまで来た」と言った瞬間に人生が終わると思っているからね。それはもしかすると、私が望んでもいない、探しもしない幸せなのかもしれないな。だけどファン、私は今までの人生でそう感じたことが二度か三度あるよ。言うなれば、道の最後に辿り着いたあとの不動、幸せ。だけど長くは続かなかったよ。だって、良心の神がすぐに私に蹴りを入れて、再び作動させたものだから。

　人間は魂の平和を求める者と光の戦士の二つのタイプに分けられるのではないかと私は思っている。

光の戦士とは聖パウロが言ったように、つねに勝ち取った幸せに甘んじることなく闘うことを愛する人たち。継続的な挑戦、闘争、終わりなき探求が好きな人々のことだ。闘技場にできるだけ長くいることなしに、自分の人生を考えることができない闘牛士のような人たちが光の戦士さ。一人の作家の人生も、たえず身構えていなければならない挑戦のようなものでね、成功と同じぐらい野次にさらされたものだよ。

フアン　もし、若者たちのグループにパウロ・コエーリョとはどんな人間かを説明するとしたら、あなたはご自分のことをどのように言い表しますか?

パウロ　終わりのない道を歩み続ける巡礼者。宝物が存在することを知っていて、いくつもの前兆に導かれながらその宝物へと向かう『アルケミスト』の羊飼いのような巡礼者。彼にとっては宝物に辿り着くことが重要なのだが、到達した時にはすでに宝物が以前と同じではなく、違うものに変わったことに気づくんだ。人を鍛え、変化させるのは人生の道のりと探求だ。私は今も探し続けているよ。

第2章　精神病院、監獄と拷問

《精神病院で発見した恐るべき事実は、自分が狂気を選択し、社会に出て働くことなく、一生そこで静かに暮らすこともできるということだった》

《監獄は憎しみ、残酷、完全なる無力の体験だった。精神病院の千倍はひどかった》

未来の作家パウロ・コエーリョの、幼年期から青年期にかけての道のりは平坦ではなく、精神病院に入れられ、ブラジル軍事政権下では軍警察の一味に監獄で拷問されるといった、時には極端で残酷な、さまざまな体験に富んだものだった。

元々何でもやってみなければ気が済まない、貪欲で反抗的な子供だったコエーリョは、変革と狂気の一九六八年に青春時代を過ごし、家庭や社会の慣習に縛られることなく、つねに自分の心を満たしてくれる何かを求めてやまなかった。過ちは素直に認め、行きすぎた時には引き返すことも知っていたが、自他ともに認める反逆者だった。対談中でも告白しているように、まだほんの少年だった頃、三回も精神病院に放り込まれているが、そのような仕打ちにもかかわらず、自分の両親に対し、ただの一度も憎しみや恨みを感じたことはなかった。むしろ自分のために良かれと思ってそれをしたのだと納得している。

ファン　どのような幼年時代を過ごされたのですか？　ご兄弟はいらっしゃいますか？

パウロ　化学技術者の妹がいる。私は長子でより反抗的だったから、何か起こるといつも年上の私のせいにされて。だんだんと人生の現実がわかりはじめたんだ。結局、損を見るのはいつも自分なんだって。初めのうちはうんざりしたよ。だって、自分のせいでないものもあったわけだし。しまいには「あそうか、どうせ他の者がしたことまで責任を負わされるんだったら、自分のしたいことは全部やっちまおう」という気になった。それからというもの、不平等に対して反抗的な人間になったんだよ。

ファン　小さい頃の最初の記憶はどんなものですか？

パウロ　面白いことに、いまだにありありと目に浮かぶことがいくつかある。私は今も昔もリオデジャネイロ在住だが、当時、家族はボタフォゴという古い地区で生活していてね。これから話すことはあなたには信じられないかもしれない。何しろ私自身にもまったく説明がつかないんだからね。そんなことが起こり得るのか、他の子供も同じ経験をするものなのか、何人かの医師に尋ねてみたこともあるんだが。実は、自分が生まれた瞬間にその場にいた祖母の顔をはっきりと覚えているんだよ。私は目を開け、心のなかで「ああ、この人がおばあさんか」と呟いたんだ。生まれたばかりの赤ん坊がだよ。

ファン　ご両親の思い出は？

パウロ　父はとても伝統的な家庭で育ったエンジニアで、母は大学で博物館学を学んだ。父は今でも健在だけど非常に支配的な性格でね、それが母に多大な影響を及ぼしていたよ。

ファン　ミサには通っていたのですか？　あなたも含め、ご家族はカトリック信者だったのでしょうか？

パウロ　毎週日曜日には教会へ行かされていた。イエズス会学校に通った最後の数年間は、それが毎週金曜日になったけどね。私に対する教育はまったく形式張ったものだったよ。現在はイエズス会修道士たちがどう見られているかはわからないけど、当時はとても保守的で厳格だったからね。まもなく母が拒否反応を起こして信仰上の危機に陥った。そこで、彼女はもっと開放的でそれほど伝統的ではない神学と接するようになってね。まだ解放の神学ではなかったと思うけど、それに近いもので、目を覚まされて信仰に疑問を持ち始めたんだ。より開放的な信者や考古学者たちと知り合って、以前ほど厳しくも伝統的でもない別の角度から宗教を見るようになった。それは、私が家族とあまり接していなかった時期のことだけどね。

ファン　現在、イエズス会の修道士たちは、特に第三世界においてはとても革新的ですよ。

パウロ　でも当時はそうじゃなかった。キリストの軍隊だったからね。私に規律のための素晴らしい基礎を与えてくれはしたけど、それと同時に宗教に対する嫌悪感も起こさせ、その結果、私は宗教から離れたからね。成績不振を理由に両親が通わせた学校を出るなり、厳格で閉鎖的なそれまでの教育とは対照的な、信仰とは違ったより進んだ学生運動を求めるようになった。そうしてマルクスやエンゲルス、ヘーゲルなどの作品に親しむようになったんだ。

ファン　けれども、結局はカトリシズムに戻ることになったのですね。

パウロ　精神的な探求に再び関心を持った時、カトリシズムにそれを求めるのは最後の最後だと思っていた。何しろ恐怖心を抱いていたからね。もううんざりだ、あんなの信仰の道じゃない。女性的な面のない保守的な神、慈悲や同情のかけらもない、神秘さもない神だと完全に思い込んでいた。それと同時に、さまざまな宗教やセクト、それも特に東洋起源のものを体験し出したんだ。ハーリークリシュナ教、仏教、ヨガの哲学……とにかくありとあらゆるものを試したよ。定期的にミサに行くようになったのは、サンティアゴ街道の巡礼を終えてからだ。

ファン　落ち着くことのない人だったのですね。

パウロ　まったくね。そういった宗教を渡り歩いた末に無神論者にもなったよ。黒魔術の恐ろしい体験のあとでね。そのことについては、のちほど詳しく話すけど。

ファン　大学では何を専攻されたのですか?

パウロ　法律学を学んだよ。親の意向で強制的にね。修了はしなかったけど。高校時代、大学進学コースの終わりまで、私の反逆のエネルギーは両親によって、社会によって、環境によって完全に抑圧、コントロールされていた。でも爆発する時は完全に爆発したよ。大学に入ったばかりの頃にそんなことがあってね。でもそれ以前から学業が振るわなくてね。三年間で高校の学習内容をマスターできなくて、結局、家族が金を払ってパスできたんだ。そんな調子だったから。

ファン　あなたが爆発した時、ご家族はどんなリアクションを?

パウロ　最初に爆発した時には、気がふれたと思われて精神病院に入れられたよ。

ファン　でも、どうやって健康な人間を精神病院に収容することができたのですか?

パウロ　当時は可能だったんだ。どうにかして両親はうまくやってのけたんだろう。私がいつも逃げ出すものだから、三回も入れられたよ。その精神病院はまだ存在していてね、最近になってどんな理由をつけて私を狂人たちと一緒に閉じ込めたのか知りたくなって、調べてみたんだが、どれもあまりにばかげた理由だったから驚いたよ。強情な医師の所見によると、私が短気すぎ、政治的に人々を挑発し、学校での素行が悪化する一方だから。母親は、私には性的に問題があり、年齢の割に十分成熟していない、また、何か欲しい物があると、どんなことをしてでも手に入れようとする、その傾向は年々ひどくなり、明らかに過激さを増していると考えていた。そんな理由で放り込まれたわけだ。

ファン　内心、どう感じていたのですか？

パウロ　う〜ん、何せ十七歳だったからね。唯一したかったのは文を書くことで、すでにある新聞の通信員として働き始めていたんだ。ちょうどオスカー・ワイルドの作品を全部読み終えたところだったな。心のなかでは、作家を志す者がいろんな経験をするのは正しいことだと思っていた。精神病院も含めてね。だってそれは、ゴッホをはじめとする多くの芸術家や作家の宿命でもあったから。みずからの運命の一部、冒険への希求の一部と見なしていたんだよ。精神病院では詩を書いていたけど、自分は狂ってはいないとはっきり自覚していたから、結局は逃げ出すことになった。何よりやりたいことを限界までやって生きたかったからね。私が精神病院に入れられたのは麻薬が原因だと思っている人がいるようだが、そうではない。その頃はまだ何の麻薬も試していなかったから。麻薬や幻覚剤の体験はもっとあとで、二十歳ぐらいからだからね。

ファン　狂人たちに囲まれて一人正気でいるという、極限状態の経験から得た教訓は？

パウロ　あなたには包み隠さず話したいのだが、狂気の本当の危険性というのは狂気自体ではなく、むしろ狂気の習性だと思う。精神病院で発見したのは、自分が狂気を選択し、狂ったふりをして、働くことも何もせず、一生そこで暮らすこともできるという事実だ。これはある意味、とても強い誘惑だったよ。最新作『ベロニカは死ぬことにした』は小説だけど、そのなかに、私の精神病院での体験の一部が鮮明に現れている。

精神病院での体験は、三日目にはもう私にこう言わせていた。「よしよし、だんだん慣れてきたみたいだぞ。案外悪くないじゃないか、快適だし、外の世界の問題からも守られているし……」。まるで平穏な状態に保たれ、包み込んでくれる母親の子宮のようにね。

ファン　収容されている人たちとは、どう付き合っていたんですか？

パウロ　狂人たちと？　みんな普通の人に思えたよ。そりゃあね、爆発する時もあったけど、それは日常生活において、あなたにだって私にだってよくあることだからね。確かに、現実との接触を失った統合失調症の患者もいたけど、それは三、四人だけで、他の人たちとは哲学や書物について色々と議論していた。テレビもあったし、音楽も聴けたし、とても楽しんでいたよ。

ファン　電気ショック療法も？

パウロ　あれは心地よいものじゃないけど、大してひどくもない。本当にひどかったのは、それから何年か後に軍警察に誘拐された際、拷問で性器に電気ショックを与えられた時だ。痛くて、屈辱的で、恥ずかしくて。あれこそまさしく本物の恐怖だった。

ファン　一度目に病院へ入れられた時には、素行が良いのを理由に退院許可が出たとか。しかし二度目は、当時の医師の報告書によると脱走したということですが、どのように？

パウロ　九階の病室に監禁状態にされていたんだ。よっぽど危険な狂人だと思われていたんだろう。なかには外出を許されていた人もいたけど、私は大量の薬や電気ショックを与えられていたよ。その階には二カ月ほどいたかな。太陽を見ることもなくね。まさに人を狂わせるためにあるような病室だったよ。病院にはエレベーターが一基あったんだが、操作はエレベーター係がやっていた。ある日、他の患者たちに紛れてエレベーターに乗り込み、一階へ降りて外に逃げたんだ。玄関を出て、信じられないぐらいの自由を感じた。まるでカフカの物語のようにね。

ファン　どれも何だかとても象徴的な出来事ですね。囚われの身と思い込んでいたのが、実際にはそうではなかった。

パウロ　実に恐ろしい象徴だよ。カフカの話に、ある城の門前に辿り着いた男の物語がある。「入ってもいいか?」と尋ねてみたが門番は何も返事をしない。後年、人生の末期に男は再び城を訪れ、門番に訊いた。「どうしてあの時、入らせてくれなかったのか?」。すでに年老いた門番がこう答える。「私は一度だってだめだとは言っていないさ。あなたは私に尋ねたが、私は話すことができなかったんだよ。どうして入らなかったんだい?」。これと同じことが精神病院で起こったわけだ。普段どおりパジャマ姿でエレベーターに乗って。お金も何も持っていなかったけど、もちろん病院へは戻らなかったさ。歩いて友達の家まで行って、そいつがギターとお金を少しくれた。そこで「さて、これからどうしよう?」と考え、旅に出て、働き始めたんだ。

ファン　ご家族には連絡しなかったのですか?

パウロ　二カ月後、食べるものすら無くなり、体調も悪くなるまで家族には連絡しなかった。電話をしたら、何の問題もない、精神病院にも連れ戻さないからできるだけ早く帰ってくるよう言われたよ。家からかなり遠い場所にいたので、送金してもらって何とか帰宅した。それから一年経つとまた両親が「パウロは狂ってしまった。今度は演劇をしたいらしい」と言い出してね。私の新たな情熱は作家になることと演劇をやることだったから。そしてまた病院に放り込まれた。これが三度目。またしても脱走を試みたけど、今回はエレベーター係も私が逃げないように監視しろと通告されていたらしくてね。お次は歯医者に行く機会を利用した。担当医が私の自己抑制の欠如は歯が生えてくる痛みが原因だというみごとな結論に達したからだ。彼いわく、痛みが歯から来ていることを本人が自覚しておらず、それゆえに周囲に対し攻撃的になっているとね。そして歯科医院からの帰りに逃げたんだ。

またもやあっちこっちを放浪し、そして家に戻った。お金も何も持っていなかったしね。「とうとう僕は狂ったみたいだ」と家に着くなり言ったよ。その時には自分が正気ではないことを自覚していたし、もう逃げるのは御免だったから。二週間ほど無気力な状態だった。反発する気力もないほどにね。

ファン　ご家族にとっても辛い状況だったでしょうね？

パウロ　実を言うと、当時はそんなこと思いもしなかった。自分のことしか考えていなかったからね。それがわかったのはもっとあとになってからさ。けれども、私の人生を根本的に変えることになるちょっとした矛盾が生じてね。ある日、私は自分の部屋にいて、そこには机やベッド、服、その他、自分のお気に入りの物がたくさんあったのを覚えている。それで、まずドアを閉めてこう呟いたんだ。「こんな状態では生き続けていかれないよ」。新聞社の職も失い、友達も去っていき、その上、演劇も断念していたからね。そして私を狂っていると見なした両親の言い分は正しかったんだろうと考えた。そこで初めて本当に狂ってみようと思ったんだ。ドアを閉め切って、部屋のなかをすべて壊しはじめたんだ。私がとても大事にしていた本、シャーロック・ホームズやヘンリー・ミラーの全集、レコードや過去の思い出の品を全部ね。みんなずたずたにした。私が止まることなく破壊し続けるのを聞いていた両親は、大急ぎで精神病院の担当医に連絡したが不在だった。そこで別の医師に連絡を取ったんだ。その時の医師の顔は今でも覚えているよ。鼻の取れた、変わった男だったからね。ファジャルドという精神科医だった。彼が家にやってきて私の部屋のドアを開けた時には、何もかも壊滅状態だった。私はまた精神病院に直行させられると思ったよ。ところが、医師がとても落ち着いた口調でニコニコしながら「どうした？」と訊いてくるもんだから驚いた。だからこっちも「見ればわかるだろう。全部ぶっ壊したんだよ」と答えたら、彼は動揺することなくこう切り返してきた。「そりゃあいい！　すべてを木っ端微塵にした今、君はようやく新しい人生を始められる。君は紛れもなく自分がすべきことをしたんだよ。新たなプラスの人生を始めるために、マイナスの過去をぶち壊すというね」「ちょっと、それ、どういうことだよ？」自分の部屋と大切な品々を完全に破壊したことをよくやったと褒める精神科医を前に、私は仰天したままそう答えたよ。そうしたら彼はまたこう繰り返した。「君は自分がするべきだった、ただ一つのことをやってのけたんだ。過去の悪夢を断ち切るというね。今、君の人生は新たに始まったんだ」

フアン　ご両親の反応は？

パウロ　その面白い精神科医の言い分を頷きながら聞いていたよ。それから「さて、もう大丈夫だな、すべてやり直すんだ、もう終わったんだから。まずはおまえが壊したものを全部片付けて捨ててしまおう」と言った。そうなんだ、ファン。その精神科医がまさに瀬戸際で、人生をあきらめ狂気を受け入れるという最悪の事態から私を救ってくれたんだ。

ファン　それからもその精神科医とは会いましたか？

パウロ　その日、別れ際に「これからのプロセスは私が指導していこう」と言われてね。その後、十五回から二十回はその人のもとへ通ったかな。そして、最終日にこう言われたんだ。「ここから先は自分自身の足で歩いて行かなきゃならない。もう君はほとんど治っているからね。確かに君は少し狂っているかもしれないが、それは私たちだって皆同じだよ」

　私の反逆のパワーが炸裂したのはそれ以降のことだ。少し狂っているくらい何でもない。いずれにせよ、人は誰しも自分の狂った部分に立ち向かわなければならないんだ。自分を成長させるために必要なことをどんどん経験し、精一杯生きなければ。もはや失うものは何もないんだからと自分に言い聞かせてね。

　その時、私はすべてを失っていた。新聞の仕事、友人、演劇、そして恋人もね。とても若いガールフレンドだったけど、精神病院に放り込まれているあいだ、彼女は面会を許されず、私もそこから出られなかったものだから、結局離れていってしまったよ。

ファン　狂ってもいなかったあなたを精神病院に送り込んだご両親に対し、憎しみや恨みを抱いたことは？

パウロ　いや、まったくなかったね。両親は私に恨まれていると思ったようだけど、そんなことはなかったよ。彼らは私を愛するがゆえに精神病院へ連れていった。それは間違った、絶望に駆られた、支配的な愛情だったけど、結局は息子の私を愛していたんだから。憎しみから病院へ入れたのではなく、人生を築いていく手助けをしたかっただけなんだ。本人よりも親のほうが絶望的で狂った態度に心を痛めたところに問題があったわけだけど。でもね、この経験はそれと同時に、私が自分自身に立ち向かうという真の闘いを実現するのに役立ったんだ。

ファン　最近になってご両親があなたを精神病院へ入れた本当の理由を知った時、あなたはどんなリアクションをされましたか？

パウロ　何週間か前に病院側から送られてきた収容理由に関する報告書を読んだ時だけは、さすがに激しい怒りを覚えたよ。あまりにもばかげた信じられない内容だったから、無性に腹が立ってね。でも、怒りの矛先を向けられ、わけもわからずとばっちりを受けたのは、かわいそうなことにイギリス人編集者だった。「誰がこんなくそホテルにいられるか！」。アイルランド・ダブリンでのサイン会のあと、好きでもないテレビ番組に出演させられたこともあって、電話して不満をぶちまけたんだ。彼、受話器の向こうで呆然としていたよ。「一体全体、どうしたんだい？」ってね。その後、ホテル前の公園に二人で散歩しにいったんだが、その頃にはもう落ち着いていたよ。だから、精神病院の件で激しく怒ったのはその時だけだ。でも本当に両親のことは何も恨んでいないよ。両親が生きているあいだは、この痛々しい体験については語りたくないと思っていた。だけど、すでに母は他界したし、父もだいぶ年をとったので作品にすることにしたんだ。年老いたとはいえ、父はとてもしっかりしていてね、最新作『ベロニカは死ぬことにした』の発売キャンペーンにもずっと同行してくれた。私が自分の体験を語ったことによって、彼も気が楽になったみたいだよ。何より、私のところに届けられた多くの手紙を通して、わが家だけでなく、多くの家庭で過去に同じようなことが起こっていたことを知った時には、さらにうれしそうだったな。

ファン　ご両親はこの件を正当化したことはなかったのですか？

パウロ　一度もなかった。「すまなかった、人生最大の過ちだった」と謝ることはあっても、なぜそうしたのかは一度も語らなかった。でも、オルテガ・イ・ガセーの言葉に「私と私を取り巻く状況すべてが私だ」とあるように、家族全員が苦しみ、皆に傷跡を残したのは事実だからね。

ファン　あなたのヒッピー時代が始まったのはその頃のことですか？

パウロ　そう。ヒッピームーブメントは私の新しい家族で、私の新しい仲間たちだった。大学にも入ろうとも考えたが、それはもう私のしたいことではなかった。麻薬とセックスの世界に深く入っていったのもその頃だ。母が私に性的問題があるのではと疑っていたこともあって、一時はホモセクシュアルのほうがいいかもしれないと考えたりもした。そこで、疑問を解明するには自分で試すしかないと思い、やってみたんだ。初めての時はまったく好きになれなかったよ。おそらく緊張しすぎていたんだろうね。一年経っても疑問はそのままだったので、もう一度試してみた。その時点では不安はなかったが、やっぱり好きにはなれなかった。そこで三度目の正直に賭けてみた。これで最後にするぞ。今回何の気も起きなければホモではないってことだと思ってね。実際、何の魅力も感じなかった。二十三歳になっていたな。演劇にはまっていた頃で、周囲にホモセクシュアルが大勢いてね。もしかしたら気がついてないだけで自分もそうかもしれない、と疑っていたんだが、結局はそうでないってことがわかったよ。

ファン　強迫観念から解放され、また仕事と旅を始められたのですね。ちょうど青春時代真っ盛りだったわけですが、どのような思い出がありますか？

パウロ　演劇学校の入学試験対策の講座の仕事を始めて、一年は暮らせるぐらいの金を稼いでいたね。子供向けの演劇もやったよ。三カ月という期間限定の仕事だったから、それが終わると残りの九カ月は自由に旅行ができた。当時は物価も安かったから。所持金二百ドルで英語もわからないのに合衆国を横断してメキシコまで行ったのを思い出すよ。九十九ドルのパスを買うとアメリカを一カ月半は旅行できたなんて、今となっては嘘みたいな話だね。ホテル代も満足に持ってなかったから八時間バスで眠って、どこに着いたかもわからない。まあ、私にとってはどこであろうと関係なかったがね。

その頃はヒッピー同士の結束が固くて、いつもグループで移動していた。グレイハウンドのバスで車中泊できるよう夜間に移動する旅程を組んで、いろんな場所へ行ったものさ。その辺りから完全にヒッピー文化に夢中になり出したんだ。

ファン　でも、作家になるという情熱はどうなったのですか？

パウロ　その頃は何も書いてなかったけれど、ブラジルに戻ったら、ちょうど軍事政権下で〝アンダーグラウンド〟と呼ばれるオルタナティブな出版が社会現象になり始めていた。とはいっても、左翼思想の出版物ではなく、どちらかと言えば、既存の枠にはまらない代替世界を求める人々のためのものだった。ビートルズやローリングストーンズ、ピーター・フォンダに映画『イージー・ライダー』、古典的なアメリカン・ポップ・カルチャーだね。

その頃、付き合っていたガールフレンドがいてね（私の人生において女性はいつも重要な役割を演じてくれているんだ）、彼女は一人暮らしをしていたから、住むところはあったが二人とも金が無かった。

ある日、一緒に職探しに行って、輪転機のある会社を見つけた。そこで私は新しい雑誌を創刊したんだ。結局二号までしか出版されなかったが、これがその先の仕事につながる決定的な役割を果たした。その雑誌を通して、のちに大歌手となる人物、自分と同い年のＣＢＳレコードのプロデューサー、ハウル・セイシャスと出会ったんだ。

フアン　いまだにあなたがセイシャスの数々の名曲の作詞家であることを知っている人は多いですからね。

パウロ　彼が連絡してきて、歌詞を書かないかと訊いてきた。でもハウルはプロデューサーという肩書きのある組織の人間だろう。当時、私たちは組織に由来するものにかなり偏見を抱いていた。こちらの哲学は既存の安定したものに反対の立場をとることだったからね。私は偏見にはとてもうるさい人間だったんだ。

だから彼のことも非常に冷たくあしらった。個人としての彼と組織の一員としての彼という両面があることがわかっていたから。それに当時ハウルは、私が大嫌いなフリオ・イグレシアス風のボレロ歌手、ジェリー・アドリアーニのプロデュースをしていたからね。

「ああ、嫌な野郎だ！」って内心毒づいていたけど、偏見を持っていたにもかかわらず、その後、アドリアーニが実に魅力的で素敵な人物だってことがわかったんだよ。ブラジル音楽界の作詞家たちによる『詩人さん、お顔拝見』というとってもいい番組の企画があってね。自分の曲を誰に歌ってほしいかとプロデューサーに訊かれて、私はアドリアーニと答えたんだ。彼がふさわしいと思っていたし、実際、みごとに歌ってくれたよ。

ファン　ハウル・セイシャスには何曲ぐらい歌詞を提供されたのですか？

パウロ　六十五曲かな。その頃にはオルタナティブ出版から足を洗い、作詞家として給料を貰っていた。アドリアーニは私が自分の曲を歌ってほしいと指名したことにひどく感激していたよ。彼はハウルにとっても私にとっても非常に大切な人間だったから、敬意を表すために金銭ではなくこのような方法を選んだんだ。だって、大切な人の価値というのは、金に代えられるものではないだろう。

ファン　その後は経済的な苦境から抜け出したわけですね。

パウロ　もちろん。人生で初めて、一夜にして金持ちになったのを想像してくれ。自分の口座にいくらあるか知りたくて銀行へ行ってみたら、預金残高は何と四万ドルだった。映画館やレストランにすら行けなかった男が、翌日には四万ドルを手にしているだなんて。嘘だろ！　最初に頭に浮かんだのは街中を走り回るために車を買うことだったけど、結局、マンションを購入することにした。

金と成功のなせる業か、奇妙なことに両親が急に私を溺愛し始めて。二十四歳だった私は、父の援助でマンションを買ったんだ。三万ドルも貸してくれたよ。もちろんその後も巨額の金を稼いだから、すぐに返せたけれどね。一九七八年には、三十代そこそこで五つもマンションを所有するまでになっていた。ハウルもアドリアーニも、前兆のようにしばしば私の人生に現れては、私を変えてゆくキーパーソンだったわけだ。それ以前に出会った精神科医のファジャルドや、のちに監獄から解放されてから出会った人たちと同様にね。良きにつけ悪しきにつけ、人生の方向を決定づけるのが機関や団体ではなく、いつも人間だというのはとても興味深い。

ファン　政治的理由から拘束されたこともあるとか。誘拐されて拷問されたというお話は本当ですか？

パウロ　三回ね。私にはすべての出来事が三回起こるんだ。『アルケミスト』に「一度起こったことは二度と起こらないかもしれないが、二度起こったことは確実に三度起こる」という格言を書いたけれど、多くの場合、私はものごとをこのように見ている。私の人生における象徴であり、前兆でもあるからね。実際には、捕らえられたのは六回だ。三回は精神病院、あとの三回は監獄。

ファン　どちらの体験が最悪でしたか？

パウロ　監獄のほうが千倍悪かった。私の人生で最悪の体験だった。監獄内でされただけでなく、出てからも皆からレプラ患者のように扱われたよ。「あいつには近づくな。捕まえられたのにはそれなりの理由があったんだろうから」って。

あのね、ファアン。監獄は憎しみと残虐性、最悪の権力と完全なる無力の体験だったんだ。最初に連行されたのはどこかで銀行強盗があった直後で、私は若い連中と一緒に食事していた。その頃は長髪でね。しかも身分証を持っていなかったから、捕まえられて放り込まれたんだ。一週間拘留されたけど、特に何もされはしなかった。

ファン　あとの二回は？

パウロ　まさに青天の霹靂で、事態はずっと深刻だった。その頃私はすでにハウルと一緒に仕事をしていて、作詞家としても結構名前も知られていたし、かなりの額を稼いでいた。そのうえ、黒魔術に入れ込んでいて、自分は絶大な権限を持っているとさえ感じていた。にもかかわらず、投獄されたんだ。

ファン　どういう理由で逮捕されたのですか？

パウロ　当時のことは昨日の出来事のように覚えているよ。愚かな考えを抱いていたものさ。行き着くところまで行き着いたというか、ハウルと私はある種のユートピアを夢見て、オルタナティブ社会の思想を信じ始めていた。ブラジリアにコンサートに行き、その場で理想的な社会や社会変革への熱き思いを語ったんだ。それらはすべて、無知以外の何ものでもない。私たちは単なる理想主義の若者にすぎなかったんだ。ところがその翌日、ハウルに連邦警察から出頭命令が届いた。そこで、ハウルに付き添って私も警察署へ行き、待合室に座っていたんだ。しばらくするとハウルが、何の歌だったかは思い出せないが、私が作詞した曲の歌詞を変え、しかも英語で歌いながら出てきた。そして電話をかけに行って戻ってくると、私に向かってこう言ったんだ。「問題は俺じゃなくおまえのほうらしいぞ」。そこで初めて先刻の替え歌の意味がわかってね。急いでその場から立ち去ろうとしたんだけど、警官たちに「どこへ行く?」と呼び止められて。「ちょっとコーヒーを飲みに」と答えたが、「だめだめ、飲みたきゃおまえの友人に頼め」と言われた。それっきり、警察署から出られなかった。でも、当初はそんなに深刻な事態だと考えていなかった。と言うのも、政治的理由で監獄に入れられるのは冒険の一部だと思っていたし、監獄にあこがれさえ持っていたぐらいだからね。

ファン　その時は、ご両親が助けてくださったのですか?

パウロ　そう。弁護士をつけてくれたんだ。その弁護士からは、奴らは君に指一本触れられないから安心しろと言われた。確かに監獄に入れられているけれど、君に対しては方々で噂されているような独裁政権の拷問といった残虐行為はしないだろうとね。その頃には軍事政権の最悪な時期もすでに終盤を迎えていてね、ゲイセル将軍が政治を指揮することを決め、戦闘組織を有する極右派寄りの方針でゲリラを抹殺したばかりだったから、連邦警察は自分たちの存在をアピールしたかったんだろう。彼らは私がオルタナティブ社会とやらに熱狂しているだけで、ゲリラ組織とは何の関係もないことを知っていた。しかし、政治犯はほとんど抹殺されてもうどこにもいなかったから、自分たちの行為を正当化するために新たな敵を創り出さなきゃならなかったんだ。

弁護士が来て、今回のばかげた行為に対し政府には何の責任も問わないという念書にサインさせられ、釈放されたよ。

ファン　けれども、そのすぐあとで最悪の事態が起こった。

パウロ　そうなんだ。監獄を出た直後に、当時の妻と私は、今度は軍警察のグループに誘拐されたんだ。帰宅しようとタクシーに乗っていたんだがね。監獄で署名させられた書類を見せて説明しても、奴らは聞く耳をもたなくて。「まだ家に戻っていないということは、おまえはゲリラのメンバーだ」と言うんだ。それどころか、私がゲリラの地下組織の一味だとも付け加えてきた。

私は行方不明の状態で人生最悪の日々を過ごした。居場所がわからず、両親も助けようがなかった。

ファン　どこに連れていかれたのですか?

パウロ　それがまったくわからないんだ。解放された時に他の囚人たちに訊いてみたが、誰一人として知らなかったよ。誘拐されてすぐに、目隠しの頭巾を被せられたからね。おそらくバラオ・ヂ・メスキータ通りだったと思う。あそこには悲しいことに拷問の場所として有名な軍司令部があったから。あくまでも憶測だけれど。四六時中、頭巾を被せられていてね。外すことができたのは一人でいる時だけ。誰も一緒ではなかった。家族にも私の居場所はわからなくてね。こういった場合には、国は何の責任も負わないらしいんだ。連邦警察に捕まっているのではなく、軍警察に捕まっているわけだから。一番恐れていたことは、当時最も弾圧が厳しいと言われていたサンパウロに移動させられるのではないかということでね。この件については、何度もベットー神父に話を聞いてもらったよ。私にとってあれは恐怖の日々だったからね。彼は私に、「恐怖はいつも最初の数日間だ」と言ったけど、確かに私の場合もそうだった。

ファン　お二人ともかなり長い間、拘束されていたのですか？

パウロ　実際には一週間だけど、何日というよりは何年間にも思えたよ。だって、まったくどこにいるかもわからず、完全に無力で、話し相手もいない状態だったのだから。唯一顔を見ることができたのはカメラマンだけ。顔写真を撮る時には頭巾を取らざるを得なかったからね。さらに拷問が……。

（パウロ・コエーリョは拷問を受けた一週間について詳細を述べたがらなかった。それらを口にすると人生で最も辛く屈辱的な体験が甦ってしまうと考えているからだ。彼に対する拷問は常に頭巾を被った状態でおこなわれたらしい。何年か後、ふとした機会に自分を拷問した連中の一人をはっきりと認識したことがあり、相手のほうもみずからが手を下した犠牲者だということに気づいていたようだという）

ファン　彼らは何が目的であなたを拷問したのでしょう？

パウロ　白状させたかったのさ。バイーア州のゲリラ組織についてね。私には何のことだかさっぱりわからなかった。奴らのやり方はこうだった。「こいつが黒なら早く白状させろ。そうしないと拷問に慣れてしまう」。誘拐当初から拷問に至るまで、まったく抵抗の余地がなかった。覚えているのは、当時の妻とともにタクシーから降ろされた時、ホテル・グロリアの建物と奴らが持っていた武器が見えたことだけだ。あっというまの出来事だったよ。「出ろっ！」と叫んで妻の髪を引っ張り、タクシーから引きずり降ろしてね。私はホテルを見ながら思ったよ、「私はここで死ぬんだな。何てこった！　ホテルを見ながら殺されるなんて」って。そんな悲惨な瞬間に、そんなばかげたことを考えていたんだ。妻と私はそれぞれ別の車に乗せられたが、彼女のほうが分が悪かった。奴らにずっと殺してやると脅されたらしいから。私は捕らえられてすぐ頭巾を被せられ、殺しはしないから安心しろと言われていたんだ。だけど、そんな状況で誰が落ち着いていられる？　強制収容所へ入れられ、つま先から頭のてっぺんまで拷問されるとわかっているのに。しかもこっちは無力で、ゲリラのことなどこれっぽっちも知らず、何も白状するようなことなどないのに。

（この時の会話のなかでコエーリョは今なお彼を苦しめている内に秘めた思いを語ってくれた。頭巾を被せられてトイレに連れていかれた何度目かに、一度だけ彼の隣に妻がいたことがあった。彼女はコエーリョの声に気づき、質した。「パウロ、パウロなの？　もしそうなら返事をして、お願い」。コエーリョは妻の声だと確信したが、パニックに陥っていて、言葉を返す勇気はなかった。そのような形で、彼女も同じ監獄で、おそらくは同様の方法で拷問されていると知らされたのだった。しかし一言も返事をすることができず、そのまま独房に戻った。目を涙で潤ませてコエーリョは語った。「それは人生で最も臆病だった日だった。私は一生後悔し続けるだろう」。二人が軍警察の拷問から解放された時、妻はコエーリョに一つだけ頼みごとをした。「今後一切、自分の名前を口にしないでほしい」と。だからコエーリョは今でも約束どおり、彼女のことを述べる時には〝名もなき妻〟と呼ぶことにしている）

第3章　私生活

《死を恐れることはまったくなかった。なぜなら何度となく間近でそれを見てきたからだ》
《私が絶対に避けたかったのは、有名になった暁に友を失うことだった》

コエーリョの読者の多くは、彼がどんな私生活を送っているか、世界でも最たるベストセラー作家の一人が、家のなかではどのように振る舞っているのかを知りたがっている。コエーリョは怖いもの知らずなのでは。ささやかな満足や不安を感じることなどあるのだろうか。彼と個人的に知り合いになる幸運に恵まれた者たちは、実際には彼がそんな人間ではないということに気づかされる。パウロ・コエーリョは有名人で、作家としての活動によって巨額の富を手にし、世界中から注目される人間であるにもかかわらず、大変気さくで自由で寛大な、そして時にはほとんど子供のように無邪気な人物だからだ。みずからの過去の暗い部分をけっして隠さず、自分が今取り組んでいることや、特に若い読者からの自著に対するポジティブな反応に熱中する。ネガティブな反応はただちに忘れるようにし、それを正当化することさえある。彼は妬みを最も大きなばかげた罪だと捉えているからだ。彼は聖人なのだろうか？　答えはノーだ。コエーリョは多大な情熱を抱きつつも、数々の欠点を持ち、ある時は大いなる知性を伴い、またある時は少しばかりの虚栄心を背負い、みずから望む時には非常に厳しくもなれる。しかし同時に、他の人々のために親身になって、彼らが自分の運命を見つけ出す手助けをする奉仕の精神と誠実な意志を備えた人間でもある。そんな性格だったからこそ、辛く悲劇的な過去において何度となく狂気や死の淵まで追い詰められながらも生き延びることができたのだろう。

• •

ファン　あなたの私生活はどのようなものですか？　プライバシーは明かさない主義？

パウロ　いや、そんなことはないよ。でも、まずはその「私の私生活」という言葉が具体的にどういうことを指しているのか、明確にしてほしいな。

ファン　公の場以外でのあなたの生活、要するにプライベートな生活です。

パウロ　ブラジルにいる時は、基本的にはなるべく一人でいるようにしている。だけど、それはプライバシーを守っているからでも、逆に何も隠すものがないからでもない。もちろん誰もがそうであるように、私にだって隠したいものはあるさ。でも、そういったものはできるだけオープンにするようにしている。何かを隠すにはそれが一番良い方法だというからね。だからプライバシーは白日の下に晒しているよ。そんなふうに説明すると、人は信じられずに「そんなはずはないでしょう」と言うけど、実際そうなんだ。

ファン　ご自身が社交的な人間だと思われますか？

パウロ　いや、むしろ非社交的な人間だと思うよ。ただし、ちょっと補足しておきたい。私は自分の仕事が大好きで自分のすることには何でも熱中できるんだ。旅行する必要があればするし、自分にとってより厄介なこと、たとえば講演を頼まれれば、やってのけるよ。インタビューは会話の延長のようなものだからそれほど苦ではないんだが、講演はどうも好きになれなくてね。

ファン　ずいぶんと頻繁に旅行されていますよね？　一年のうち半分以上は世界中を駆け回っていらっしゃるとか。

パウロ　ブラジル国内にいるよりも外にいるほうが多いのは事実だよ。なぜなら、あなたもご存じのとおり、近年、出版社は作家がみずから著書のプロモーションをするのを望んでいてね。長旅やホテル住まい、空港での諸手続きといったものは、正直言って快適なものではないけど、何とかこなしているよ、ストイックにね。まあ、人生哲学の一部と考えて苦にならない程度にだけど。旅は多くの読者と出会い、彼らの鼓動を感じ、夢や考えを共有するのを助けてくれる。人々との出会いのなかにはすごく感動的な瞬間があってね。だから好きなんだ。自分自身を豊かにしてくれるから。その上、道中で魅力的な人や自分の人生にとって大切な人と知り合うことだってある。たとえばあなたと出会ったのだって『第五の山』のキャンペーンでマドリッドへ旅行したお蔭だからね。

ファン　飛行機恐怖症なのに旅が苦にならないと。

パウロ　以前は怖かったけど、今はもう大丈夫。スペインの神秘主義者、聖女として知られるテレサ・デ・ヘスス生誕の地アビラで克服した。そこで激しい宗教的体験をして、私のちっぽけな恐怖心は永遠にそこに置き去りにされたからね。そのなかに飛行機恐怖症もあったんだ。飛行機といえば、まだ恐怖心を持っていた頃にした旅行のことは忘れられない。隣に座ったご婦人がひっきりなしにアルコールを飲み続けていてね。私のほうを見てこう言ってきた。「アル中だなんて思わないでね。とにかく怖くて死にそうなんだから」。それから、もし飛行機が故障して墜落したら起こり得る、ありとあらゆる可能性を延々と語り始めたんだ。あたかもその場に居合わせたような口調で事細かにね。その時の恐怖体験の一部は『第五の山』でも話題にしたよ。恐怖心はあの本のテーマの一つだったから。

ファン　そうすると、今やあなたは怖いもの知らずの人間なのですか？

パウロ　とんでもない。いまだにちょっとした恐怖心はたくさん残っているよ。たとえば、人前で話をすることとか。

ファン　死に対する恐怖は？

パウロ　死への恐怖はないよ。今までの人生でたびたび直面してきたからね。麻薬や黒魔術にどっぷり浸かっていた頃、自分が死ぬと確信した瞬間が何度もあったから。詳しくはまたのちほど話すとしよう。

確実に言えるのは、今思えば、死や死に方に対する恐怖は自分の人生のなかにつねにあったものではないってこと。たとえば飛行機に乗ることの恐怖は、死への恐怖というよりも、たえず状況が変化することや少々喪失感を覚えることに対するものだからね。

ファン　死に対する恐怖はいつ頃なくなったのですか？

パウロ　実を言うと、死に対する恐怖はサンティアゴ街道の巡礼をした時になくなった。自分の死を目の当たりにするという、とても興味深い貴重な体験をしたからね。それ以来、死ぬことに対して何の恐怖心も抱かなくなったよ。今では死を、何か私を刺激して、逆に生きてゆく意欲を与えてくれるものと捉えている。カルロス・カスタネーダはとても上手く死について語っていたけれど、彼も死に対する恐れは持っていなかった。

ファン　でも、他の人々と同様に、あなたにもいずれ死は訪れますよね。今は自分の死をどのようにお考えですか？

パウロ　『星の巡礼』のなかで私は死を一種の天使のようなものとして描写しているが、サンティアゴ街道の巡礼以来、私は自分の傍らに、たえず静かな存在を感じているんだ。もちろん、自分もいつかは死を迎えるという意識はあるよ。だからこそ、私は富を蓄積するために投資せず、自分の人生に投資することにしているんだ。現代人に欠けているのはこの点ではないかな。いずれは死ぬんだということがきちんと自覚されていれば、今生きていることを百パーセント感じられると思うんだが。

ファン　死に対する恐怖心がないのはわかりましたが、失敗することについては？

パウロ　私にとってもはや失敗は考えがたいことなんだ。これから先、何が起ころうと、自分を失敗者と見なすことはあり得ないから。なぜなら私は自分が期待し、夢見ていたよりも多くのものを人生で手に入れた。だから、人生における闘いで負けることはあっても、失敗することはあり得ない。負けた場合には傷を癒し、また挑戦するよ。

ファン　あなたが恐れていることの一つに、生前に公表したくなかったものを自分の死後、公にされるというのがありますね。

パウロ　そう、それなんだ。その件に関しては遺言状にきっぱりと明記してある。遺産をすべて先に話した財団に寄贈することもね。またそこには、いかなる理由があろうとも、生前許可しなかった作品を出版するのは望んでないことも謳ってある。私は何かを書いて、のちにそれを出版しないと決めると、ことごとく原稿を処分しているから、仮に誰かが出版したいと考えたとしても難しいとは思うけど。そうすれば多くの作家が陥った危険を避けることができるだろう。どうしてもそういうのは好きにはなれなくてね。ある作家が出版したくなかったものを死後、明るみにするのは、とても品位ある行為とは思えないよ。自分が死ぬまでは出さないでくれ、と本人が遺言している場合を除けばね。

ファン　あなたは魂の生まれ変わりを信じていますか？

パウロ　私を本当に安心させているのは、転生の可能性を考えることではなく、今を生きているという実感なんだ。死をまるで目の前に座っているかのように身近に感じていると、つねにいろいろなことを自覚させられる。「注意深くあれ。今していることをちゃんとやり遂げろ。今日できることを明日まで延ばすな。罪悪感を抱くんじゃない。自分を嫌いになるな……」。死というものは私たちに訪れるごく自然なことなんだよ。

ファン　でも、かつて恐怖心を持っていた頃には、どのように振る舞っていたのですか？

パウロ　ファン、正直言って、私はいつだってあらゆることに対する恐怖心を抱いていたけど、危険を前にしてもたえず勇敢でいられるのが私の取り柄の一つでね。何かに対し、縮み上がったことはけっしてない。私の人生で恐怖に身がすくんだことはないよ。

ファン　恐怖を克服したから？　それとも恐怖に耐えたから？

パウロ　克服したことなんかないよ。でも、立ち向かってはいる。克服するとはそれに打ち勝つことだけど、私は打ち勝ってはいない。恐怖とともにいて、恐怖に縛られることなくともに生き、前進し続けている。そもそも恐怖によって祈りが引き起こされるからこそ、勇気が湧いてくるんだからね。

ファン　私生活の話に戻りますが、公的な関係で何が一番煩わしいとお感じですか？

パウロ　頻繁に出席しなければならないカクテルパーティーだね。書店の人たちとならいいんだけど、要人たちから参加を要請されてノーと言えない場合、特にそれが過去に力添えしてくれた相手となるとなおさらね。気まずく思いながらも我慢しているよ。そつなく振る舞えるわけでもないから。もちろん結果的に楽しく過ごせることもあるかもしれないけど。出席せざるを得ないのはわかっている。でも、念を押すけど、できることなら避けたいんだ。ホテルで本を読んだりして自由に過ごしたいから。

ファン　ここ、ブラジルのご自宅にいらっしゃる時は？

パウロ　そうね、旅行中はつねに気が張っているから、家に帰るとリラックスして自分のなかにエネルギーが回復するような気分になる。新作『ベロニカは死ぬことにした』が出版されたばかりだから、また旅行に出なければならないけど、そうでなければ毎日家にいてくつろいでいるさ。たとえば今日、知り合いの結婚式があったんだが、気心の知れた仲だからお祝いの品は贈ったけど出席は見送ったよ。私はここにいてパソコンに向かっているほうが好きだし、海岸を散歩しているほうがいいからね。

ファン　一人きりでいられるものですか？

パウロ　いられるよ。現実にはいつも妻のクリスチーナと一緒にいるから、完全に一人でいるということはあり得ないけど。でも彼女はこの部屋の向かいにあるアトリエにいることが多いし、私はパソコンに向かっていることが多い。お互いに何時間も言葉を交わさないこともあるけど、お互いの存在は感じている。何より私が好きなのは、この目の前に広がるコパカバーナ海岸を散歩することだ。夜通し仕事をして、昼頃にベッドから起き出してするこの散歩は、欠くことのできない習慣だ。のんびりと歩いて、人々と顔を合わせて、できるだけシンプルに暮らすのが好きなんだよ。

ファン　しかし、今や近づきがたい存在になってしまったあなたが、素朴な暮らしをするのは容易なことではないでしょう。

パウロ　そうなんだ。成功によってもたらされた唯一の問題はとても奇妙なものだった。周りの人々が事実ではないことを口にし始めるんだよ。おそらくは有名になった人の九十パーセントがそうではないと思われるようなことをね。たとえば「君がとても忙しいのはわかっているよ……」とか。だけど、それは事実ではない。私はさほど忙しくないもの。「人と会って何かをする暇もないんだろ」って。それも正しくない。いいかい。今日私は十二時に起きた。ワールドカップの試合を見たかったからだ。その後、長いインタビューがあって、仮眠をとって……でも、特に何もすることはない。では何をする？せいぜい締め切りが近づいて忙しくなるのがわかっているから、新聞連載の執筆を進めておくぐらいだ。今月の十日頃ブラジルに戻ってきたというのに、まだ何もしていないんだからね。

ファン　でも、それは多くの有名人に起こる避けがたいことですよ。人々は、もうあなたが息をつく暇もないくらい現実離れした人間だと思い込んでいるのでしょうから。

パウロ　それどころか長年の友人でさえ壁を作ることがあるんだ。親友だと思っていた人たちですら、形式張った態度をとるようになってね。私が変わってしまって、もう彼らの知っている私とは別人だと思い込み、以前とは違う接し方をしてくるんだ。少なくとも私に関しては何一つ変わっていない。それなのに友人たちが「まだ有名じゃない頃のパウロが好きだった」と言うのを頻繁に耳にするようになるんだ。私は何も変わっちゃいないのに、どうしてそんなことが言える？　その反面、昔なじみってのは気が楽だよ。彼らは私が有名になったから寄ってきたのではなく、無名だった頃からの友人だからね。

ファン　けれども、実際、あなたが出世してしまったら、昨日までの友人も今までどおりに接するのは難しくなると思いますが。

パウロ　それはそうかもしれないけれど、私はずっと存在し続けていて、私の外面の安定の基本となっているのは友情なんだ。もし友人たちとのコンタクトを失ってしまったら、私はバランスを崩してすべてを失ってしまう。過去にそういうことが起こってね。歌の作詞をしていた頃にその過ちを犯した。有名になり始め、多国籍企業のレコード会社に所属して巨額の金を稼いで、自分を世界の王様だと思い込んでいた。そこで最初にやらかしたのは、付き合う相手を替えることだった。「今や自分は大物だ。別の思想を持ったこいつらヒッピーとはもう関係ない」なんて思ってね。その結果、どうなったか？職を失ったとたん、完全に一人ぼっちになってしまったよ。新しい友人だと思っていた連中はパタッと連絡をしてこなくなり、以前の友人たちはすでに去ってしまったあとだった。その経験から学んでこう誓ったんだ。「もしセカンド・チャンスがあるのなら、今度はどんな代償を払っても友人たちとの親交は保っていこう」とね。

ファン　今回は達成できたわけですか？

パウロ　完全にとは言いきれないけどね。ただ、今回は私のせいではなかったから。私の率直な望みは、私を取り巻く名声によって友人を失わないことなんだ。でも、それは一筋縄では行かないよ。堅苦しい態度をとってくるのは彼らのほうだから。初めの頃は、私のことが何か新聞に載ったりすると、記事を読んだよとか、テレビで見たとか、電話をかけてきてくれていたけど、今となっては、ローマ法王と話をしても、「法王と一緒にいるのを見たよ……」なんて電話してくる人はいないからね。

ファン　妬みが原因でしょうか?

パウロ　いや、妬みだとは思えないね。むしろ、私が遠い存在になってしまったと思い込んでいるんじゃないかな。つまり、ローマ法王に招待されるような人間だから、もう昔のようには付き合ってはいけないと。でもそれは間違っている。

ファン　しかし、今やあなたは大変な有名人だから、法王があなたを招くのも無理はないと思われているのでは。

パウロ　彼らはそんなふうに考えているかもしれないが、私はそうは思っていない。子供の頃と同じまなざしを持ち続けようと努めている。それが私を前へと駆り立ててくれるんだ。もし、このまなざしを失ったら感激も失うだろう。だから、私はブラジル国内の小旅行で素朴な読者たちと会って、言葉を交わすのが好きなんだ。ブラジル。この国は素晴らしい国だ。そして人々も。特に内陸部の人たちは毅然としていて開放的で、他人に対してそう簡単に恐れを抱かない。彼らは確かに口下手だけど、とても誠実な人たちだ。彼らと接していて気づいたことだが、成功は多くの場合、身近な人々を怯えさせるのではないかな。それでほんの一部の友人を除いて皆、私のことが怖くなって離れていってしまうんだよ。でも、最後まで残った友人たちは私を恐れたりしない、同じような問題を抱えている人々だ。だから、私のことをよく理解してくれて、そう簡単に離れていきはしないんだ。

ファン　それ以外の人たちにとって、あなたは今や一人ではなく、むしろ本来のあなたと著名人としてのあなた、二人の人物になっているのだと思います。つまり、一方は手の届かない有名人としてのあなた、もう一方は昔から知っているあなた。でも、あなたが傑出した人物になって、必然的に昔から知っているあなたはもういなくなってしまったのだと考えているのでは。

パウロ　でも、私は一度だって昔の私から離れたことはないよ。一九七九年から一九八〇年には確かに私はそう思い込んでいたけど。でも今は承知のとおり、私は気さくで近づきやすい人間だと思う。もちろん、自分が興味のないことには関わり合おうとしないけど、人生に対してまでそうではないからね。しかし、古い友人を失う反面、新しい友人たちもできつつある。もちろん、彼らは昔、苦労をともにして一緒に山を登った仲間ではないかもしれないけど、頼りにできる素晴らしい友人たちだよ。

ファン　成功によって、特に他の作家とのあいだで引き起こされる避けられない妬みからは、どうやって身を守っているのですか？

パウロ　私は妬みに対しては魔術で切り抜けている。そんな人たちと闘うつもりはないから、自分を守るバリアーを張るんだ。私は妬みを七つの大罪のなかで最も破壊的なものと考えている。嫉妬深い人は「自分はあれを手に入れたい」とは言わず、「あいつがそれを手に入れてほしくない」と言うだろう。とてもしみったれた人間だよ。他人の足を引っ張って自分と同レベルに下げたがる連中さ。私は自分で自分を滅ぼせるし、神が私を滅ぼせることも理解している。だが、他人の妬みが私を滅ぼすことはできない。妬みが滅ぼせるものは、心のなかにそれが毒蛇のように巣くっている当の本人だけだ。

第4章　政治と倫理

《私にとって政治とは、自分たちを取り巻く文化的慣習の壁を壊すことだ》
《作家はヤシの実売りほど重要ではない、ということをわからせなくてはならない》

　波乱万丈の青春真っ只中、パウロ・コエーリョはより革新的な運動に積極的に参加した。ビートルズでさえ保守的に思えるほど、コエーリョはつねに急進的だった。オルタナティブ社会を夢見てマルクス主義思想に傾倒し、組織や制度に立ち向かい、たえず政治的、倫理的に体制と反対の立場をとってきた。しかし、それによって精神病院、監獄、拷問という高い代償を払うことになった。

　今日では確固たる地位と名声を手にし、世界の要人たちと肩を並べ、読者から称賛されているコエーリョ。そんな彼は現在、政治・倫理上、どの辺りに位置しているのだろうか？　コエーリョは今でも自身を政治的動物《ポリティカル・アニマル》であると考えているが、同時に多くの政党からの誘いに対しては一線を画している。根本的には若い頃と同様にロマン主義者で、神秘への愛、寛容への愛、そして個々の人生に隠されているポジティブな魔術への愛といった強い精神的信念が、われわれに今よりも不幸でも残酷でもない、不可能ではない夢に満ちあふれた世界をもたらしてくれるのを信じてやまない。

そのためには、暴力と権欲主義がはびこる世知辛いこの世の中にあって、心の奥に眠っているか弱い内なる子供をけっして忘れてはならないと、そして自分が何者なのか、何のために生きてゆくのかを知るために、失われた純真さを呼び覚ますことを放棄すべきではないと語る。

• •

ファン　一年の半分は世界中を駆け回っているとはいえ、あなたはここブラジルに住んでいます。発展段階にあり、無限の可能性を秘めたこの国には、いまだに運命から完全に見放され、社会の片隅で暮らす貧しい人々が四千万人もいます。その一方であなたがいる側は、われわれも含め裕福な状態です。もちろんあまたの苦境を乗り越えて今があるわけですが、名声を得、年収数百万ドルを稼ぎ出す富豪となり、夢のコパカバーナ海岸を見下ろすリオデジャネイロの壮麗な邸宅に住んで……多くの読者はきっと、第三世界の挑戦を前に、政治的、倫理的にあなたがどこに位置するのか知りたがっていることでしょう。

パウロ　時とともに私の世界観や政治観が変わってきたのは否定できない。私が過激な体験を重ねてきたのはすでに話したとおりだ。それぞれの体験にはプラス、マイナス両面があったよ。より公正な社会の実現を目指して闘い、代償を払う。私たちは皆、理想的な社会を夢見る孤児のようなものだからね。

今、私が確信を持って言えるのは、世界を変えるのは偉大なイデオロギーではないということ。それらのイデオロギーのほとんどは失敗に終わり、これまでのものよりもさらに危険な新種が生まれてくる恐れがある。すでに新たな原理主義と指摘されているようなね。私は今でも自分を政治的動物《ポリティカル・アニマル》だと思っているが、私の作品から滲み出てくる政治性とは、狂信的行為に終わるであろう文化的慣習の壁を壊すこと。スペインの哲学者フェルナンド・サバテルも述べているように、何より大切なのは、一人ひとりの毅然とした倫理責任だ。それなしでは、未来の社会は今以上に残酷で、もっと兄弟愛のないものになるだろう。

ファン　では、そのような傾向のなかで、あなたが望んでいることは？

パウロ　今日、それぞれの人が社会にささやかな貢献をする必要があると確信している。だからこそ私は世界中で、特に若者のあいだで広がっている新たな団結の波を心から信じているんだ。

善意ばかりで行動の伴わない曖昧な世界に止まらないためにも、私は自分のできる範囲、人々と連帯できる分野で具体的に何かをしたかった。そこで自分の名をつけた財団を創設したんだ。その財団は私の死後も存続することになっているよ。

ファン　正確にはどのように成り立っているのでしょうか？

パウロ　財団の運営・管理は妻のクリスチーナが担当している。自分たちで立てた目標が厳格に達成されているか彼女がまめにチェックしているんだ。とにかくこの財団は最初から誠実で透明性のあるものにしたかった。全部で五つの目標があってね。一つ目は、親に見捨てられた子供や身寄りのない老人への支援。二つ目は、ブラジルの古典作家の作品の外国語への翻訳。三つ目は、前述と関連してブラジル文化の紹介。私が特に興味があるのは、すでに故人となった作家たちの作品だ。これなら嫉妬や無駄な虚栄心の問題も避けられるからね。四つ目の目標は、私が愛してやまないブラジルの先史時代、つまり文献のない時代の研究だ。今、自分たちの研究の結果をどのような形で紹介していこうかと少しずつ検討している最中だ。すでに文化庁とは連絡を取っているし、インターネット上でも紹介できないかと考えてもいる。最後に五つ目だが、これはとても個人的なもので、私が死ぬと同時に消滅する。誰かが人生の夢、あるいは気まぐれを実現するのに力を貸すというものだ。もちろん、人々は私にあれやこれやと要求してくるだろう。でも、誰を支援するかを決められるのは私だけだ。たとえば「誰かに私のギターを寄贈する」とか「読書好きな人に私の蔵書コレクションをプレゼントする」といったことから、私の人生を変えた体験でもある「サンティアゴ街道の巡礼をしたい人のために費用を負担する」ことまで。

ファン　あちらこちらから追い回されることになるのでは。

パウロ　そのとおり。毎日私のもとへ届く郵便小包の多くは、私に何かを要求するものだ。だが、包み隠さず言っておくと、その要求を受けるかどうかは大抵その時の私の気分次第でね。あとは自分の本能に任せることにしている。決定するのは私だけ。それ以外のことは財団の管理部が担当してくれている。

ファン　財団に費やす費用はどのぐらいなのでしょうか？　と言うのは、さまざまな説があって一致していないので。

パウロ　では、ここではっきりさせておこう。私の著作権収入のなかから、毎年三十万ドルを財団に振り当てている。ところが昨年、あるインタビューで間違った数字を言ってしまって、その額が四十万ドルに変わってしまった。何を言っても後の祭り。嘘つきだと思われるのは嫌だから、さらに十万ドルをスラム街の見捨てられた子供たちへのプロジェクトに計上して新しい家の購入費に充てたよ。それまで使っていた家が手狭になっていたこともあってね。そんなこんなで、今後も私の間違いが毎年予算に十万ドルを上乗せさせることになるのではないかと心配しているよ。

ファン　ところで、どうして財団について公表することに決めたのですか？　当初は誰も財団の存在を知らず、あなたがたも伏せて活動をしていたのに。

パウロ　確かにそうだったんだが、ある日、新聞に財団に関する小さな記事が掲載されてね。驚くべきことに、その記事のおかげで、この社会に素晴らしい連帯感を持った静かなネットワークが存在することを知ることができたんだ。その時は、私たちが想像していたほど人間はまだまだ捨てたものじゃないと見直したよ。何しろ何千人もの人が私たちに援助を申し出てくれたからね。

その上、この静かなネットワークを構成している層がとても幅広いことにも気づいた。理想主義の若者や資産はないけど何か人の力になりたいと思っている人たちだけではなく、大物企業家や資産家までが団結していたんだ。これらの人々に共通しているのは、最も助けが必要な人たちに対して何か実のある具体的なことをして力になりたいという情熱を持っていること。しかも、新約聖書でも「施しをする時、右の手のしていることを左の手に知られないようになさい」と説いているように、彼らは誇示することなく、静かに活動を続けている。

ファン　ところで政治的には、厳密に言って、あなたはどの位置にいるのでしょうか？

パウロ　先程言ったとおり、私は自分を政治的人間と捉えているが、政党の政治家だとは考えていない。執筆した作品を通じてある種の政治活動をおこなっているとは思っているよ。作品を通じて自分の人生を読者と共有することで、彼らがいろいろなことを自覚するのを手助けしているからね。それは自分のなかに眠る女性性を呼び覚ますことだったり、いい子ちゃんでいようとする型を破る必要性だったり、または自分の夢を実現するために払う代償だったり。ほかにも、あらゆるタイプの狂信的な行為や良心をちらつかす偽善者に対して、また見せかけだけの知的文化や、人の役に立つどころか私欲のために一般市民を利用しようとする偽善的な政策に対しても、人々に警戒するよう呼びかけている。

ファン　有名人だからという理由で、どこかの政党で政治に携わろうと考えたことはありますか？

パウロ　選挙に立候補する気はまったくない。何よりも私は政党がする政策というものに全然興味がないから。でも、私のしていることだって立派な政治活動だよ。それとも一般市民と権力者たちとのあいだにある壁を壊そうと試みることは政治とは言えないかい？　架空のものと現実のものを融合することは政治とは言えないだろうか？　従来の政治ではリーダーと国民の代表が存在する。しかし、私はそれとは別の形の政治に興味があるんだ。

ファン　政治も情熱を持って賢明におこなうべきものだと、あなたはよくおっしゃっていますね。

パウロ　そう。私にとって政治に関わる一つの形は、情熱を持って生きるために必要なさまざまな方法を可能な限り繰り返すこと。各々が自分の運命に責任を持ち、けっして他人任せにはしないことだ。この世の中で作家というのは、たとえ有名であっても、ヤシの実売りや徹夜でみんなの安全を守ってくれる警官ほどは重要ではない。もちろん、時には誰よりも自分は重要な人物だという誤った考えを抱く作家もいるだろうけどね。

また、私にとっての政治とは〝アカデミー〟を変えるために貢献すること。私は月並みな知識や時代遅れで官僚主義の知恵にしがみつき、唯一自分たちだけがその知恵に精通していると思い込んでいる集団のことを〝アカデミー〟と呼んでいる。つまり、一部の選ばれた者たちの権力さ。だからこそ、創造力をめいっぱい駆使して、一般の人々に繰り返し呼びかけなければならない。自分たちの価値観を他に押しつけるために、肩書きと業績ばかりを重視するような知識人の特権階級なんか存在すべきではない。そのことを忘れないでとね。

そういった意味では、多くの危険も併せ持っているとはいえ、インターネットの普及は大きな助けになるのではと思う。誰もがみんなに自分の意見を聞いてもらえる可能性を与えられるという点では役に立つだろう。たとえそれがピントの外れたものであってもね。権力者たちに支配、悪用さえされなければ、インターネットは疎外感を覚えることなく、平等に参加できる素晴らしいユニバーサルな討論の場となれるだろう。そうすれば不法に世界の権力を占有している連中がコントロールできないくらい健全な無政府状態を作ることができるのではないかな。実現の可能性を信じたいユートピアではあるけれど。

ファン　最近の第三世界における解放運動、たとえばメキシコ・チアパス州の先住民による運動や、ブラジルの〝土地なき農民〟運動※などに関して、あなたはどのような立場をとっているかと訊かれたら、どうお答えになりますか？

（※〝土地なき農民〟運動とは、大土地所有者に対して農民たちが土地の所有権を譲渡するよう求めて闘っている活動家グループの運動）

パウロ　私はつねに自分の立場をはっきりさせているよ。賛成であれ反対であれ、ノーコメントで済ますことはないし、黙秘なんか絶対しない。いつでも口出しするよ。

ファン　では、これらの解放運動についてはどうお考えですか？

パウロ　それは場合によるね。チアパス州の活動に関しては、その問題を深くまで知っているわけではないから、どうしても情緒的な側面にばかり目が行ってしまうけど、〝土地なき農民〟運動に関しては、より身近で内情を知っているから同意できないこともあるよ。たえず首尾一貫した行動をとっているとは思えないところもあるからね。

（翌日、コエーリョは再びこのテーマに戻った。自分の立場を明確にしなかったことを気にし、読者に誤解を与えることのないよう配慮してのことだった）

ファン　政治的対立に関して、コメントを差し控えることはなく、議論するのも厭わないとのことでしたが。

パウロ　それは事実だが、問題は別のところにある。それというのも、有名になってからというもの、みんなが私に意見を求めてくるんだ。しかも、妙な質問が多くてね。ダイアナ妃の死からサッカーの話題に至るまで。そりゃあ、サッカーは好きだから何かしら話せるかもしれないけど、私がまったく知らないようなことについてまで意見を求められることもある。それと似たようなことが政治に関しても起こってね。私は自分が政治と無縁な人間だとは思っていないよ。だって政治は私たちの生活を運営していくものなんだから、政治的に中立の立場をとることは不可能だ。もしそうしたら自分の人生や関心を他人が決めるに任せることになるだろう。だから政治には積極的に参加しなければならない。だけど、私はプロの政治家ではないし、まして政治哲学の専門家でもないのに。

ファン　しかし、たとえば〝土地なき農民〟運動について意見を言うのはそんなに難しいことではないでしょう。多くの情報があるわけですし、自分の心情がどちら側に傾いているか判断しやすいと思いますが。

パウロ　これは単なる心情だけの問題ではない。その現象について深く考えてみなければならないよ。この運動は当初はとってもいいスタートを切ったと思う。非常に具体的な活動を伴っていたからね。だって大土地所有者が山ほど存在しているわけだから、土地を持たない農民たちが土地の所有権の譲渡を求め、新たな社会状況を作りたいと考えるのは筋道が通っている。先日インタビューされた時には、私は立場をはっきりさせたつもりだ。

ただ、何と言えばいいのかな。活動の経験不足のせいか、あまり歓迎できない事態も起こっている。たとえば、とうてい正当化しがたい土地の占拠とか。昨年末、ブラジリアにあるユネスコ代表の自宅で開かれた夕食会の場で、この運動のリーダーであるステディレ氏と個人的に会う機会があったんだ。

ファン　どんな印象を受けましたか？

パウロ　運良く、お互いの意見を交換することができた。とても思慮分別のある人だとは感じたけれど、自身の持つ大きな影響力を必ずしも政治的に有効活用しているとは思えなかった。私が指摘しているのは一連の政策のことだ。彼が右翼団体に利用されやしないだろうかと心配になった。軍政時代のブラジル・ゲリラみたいに、ある時期を境に、もしくは何らかの失策から、右翼が弾圧をおこなうのを助長し、その行為を正当化するのに利用されやしないかと。その危険性は今でもある。彼らは幾分誇張しすぎるきらいがあるから、それが残念でならないし、心配なんだ。せっかくこの国にできた左翼系の民主主義体制に水を差すことになるかもしれないからね。もちろん、まだ左派政権が確立したとは言いきれないけど。

ファン　そうすると、この運動にはプラスの面があまり見受けられないということでしょうか？

パウロ　いや、そんなことはない。だからこそ失策を理由にただの道具にされては残念だと思っているんだ。ポジティブな面の一つは、彼らが他の団体との協調体制を整えつつあること。自分たちが生きている現在を洞察するには、寛容さをもって複数のイデオロギーの均衡を厳格に保つことが大切だからね。それとは別に、ルラが率いる左翼系の労働党はもっと円熟した政党だという印象がある。それゆえに、〝土地なき農民〟運動は労働党にとってプラスの力になる可能性もあると同時に、方向を見失ったら、マイナスの力になる危険性もある。

ファン　ブラジル全般の情勢はどのように見ていますか？　確かに問題を多く抱えている新興国ではありますが、もし貧しい人々の生活水準の向上をも含んだ重要な社会改革を実現できれば、ラテンアメリカ全土でも重要な突破口になると思うのですが。

パウロ　正直なところ、私は今まで一度だって保守派だったためしがない。今のブラジル政府は国が抱える社会問題をきちんと認識している。フェルナンド・エンリケ・カルドーゾ大統領はかつて投獄された経験があるが、だからと言って私たちはそれを恥だとは見なしていないんだ。だってそれは、別の体制下で起こったことだからね。カルドーゾ大統領はもともと著名な社会学者で、政治の駆け引きを熟知している。世界的にも大いに信望が厚く、誰とでも交渉ができる術を心得ているから、政治の分野でも重要な人物になった。政治は交渉と合意の芸術と言われているだろう。

ファン　この世紀末は激動と不安定にさいなまれ、あまりにも多くの戦争が起こり、大量の血が流されました。先にあなたが、とてもうまく言い表していたように、新しい世紀を迎えたところで何も劇的な出来事は起こらないでしょう。しかし、たとえそうだとしても、ジョゼ・サラマーゴが私との対談集のなかで断言したように、われわれは今、一つの文明の最終段階を迎えているのでしょう。とはいえ、いったいどのような文明が新たに生まれつつあるのか、われわれには知る由もありませんが。あなたはどのようなお気持ちでこの文明の終焉を見ていらっしゃいますか？　不安を持って？　それとも希望を持って？

パウロ　未来を予言するのは難しいよ。ただ、すべては今後五十年間に起こることにかかっている、ということだけは言えるね。それが新たな世紀を決定することになるだろう。大方は、人々が真剣に着実に精神的探求を始める決意をするかどうかにかかっているんだ。アンドレ・マルローは次の世紀はスピリチュアルなものになるだろうと言っていたが、もしかしたらそうでないかもしれない。また別の人は、次の世紀は女性的なものになるだろうと言っている。もしそうでなければ、原理主義思想の爆弾が爆発する危険性があるね。とても皮肉なことだけど、それは信仰の不足から起こると思うよ。

ファン　われわれを包囲し始めている新しいタイプの原理主義への予防策は？

パウロ　月並みだと思うかもしれないが、スピリチュアルな道の探求は、師にも船長にも委ねることなく、個人個人の責任でおこなわなければならない。寛容さや、誰もが宗教、政治、文化などそれぞれの分野に活動の場があるという価値観を促進させる必要がある。そして、何人《なんぴと》も自分の世界観を他人に押しつけてはならない。キリストも言っているじゃないか。「私の父の家には住まいがたくさんある」と。皆が皆、同じ家に住むよう強制され、同じ考えを押しつけられて生活する必要はない。豊かさとは多元性であり多様性なのだから。それ以外はファシズムでしかない。原理主義によって過去の蒙昧主義の最悪の深みに逆戻りするかもしれないからね。

ここで宣言すべきことは、人は誰しも何の問題もなく、無神論者にも、イスラム教徒にも、カトリック信者にも、仏教徒にも、不可知論者にもなり得るということ。各自が自分の信仰の責任者なんだ。そうでなければ、必然的に戦争へと向かうことになる。なぜなら、自分と違う者を闘うべき敵だと思い込むことになるからね。

ファン ダボス会議の場で、世界経済の大物グルたちを前に、魂のグローバル化についてお話されたのですか?

パウロ 今回ダボス会議に出席してみて驚いたのは、現在、経済的にも政治的にも影響力を持つ人たちが、原理主義ではなく、魂の自由と繫がる新しい精神性のテーマに興味を持っていることだった。たとえば、シモン・ペレスが私に語ってくれた中東和平実現のためのアイディアには感銘を受けた。彼は平和を〝プライベート化〟、すなわち一人ひとりの人間に浸透させる必要があると言うんだ。各自が平和を愛し、平和を人生のカリキュラムの一つにするように努めるという意味でね。そうなれば不寛容を超えて寛容を優先させることができると考えている。いずれにせよ、こういった考えがイスラエルから出てきていることが重要なんだ。

ファン 今世紀に起こった〝グローバル化〟で、最もあなたが具体的に危惧していることは何ですか?

パウロ 経済のグローバル化の概念が神のグローバル化になってしまわないかということ。また、万人に当てはまるように作られた同質の文化の概念にもぞっとするし、スタンダードな神の概念にも空恐ろしさを覚えるよ。それぞれの人種の信教のカラーによってではなく、誰にとっても教義的に有効で、個人的でない神なんてさ。文化や宗教は個々の魂の表現であるべきだし、信者たちの共同体は、一人ひとりが自由で独自性を持ち、精神的な豊かさを有する雑多な人々で構成されるべきだ。グローバル市場の最大の危険性は、それが精神を全世界的にコントロールするような一つの文化を生み出すことだ。そこからは新たなナチズムしか生まれないし、そんなことでは前進していかれない。

ファン　あなたは本文や作品のタイトルに〝光の戦士〟を用いるなど、よく闘争や戦闘について言及していますが、光の戦士という言葉に平和よりもむしろ戦争に近いイメージを感じる読者もいるかもしれません。真の光の戦士とは何を象徴しているのでしょうか？

パウロ　それはとてもシンプルなことだよ。個人レベルにおいては、恐怖に気をとられないよう固く心に誓い、恐怖と闘いながらも自分の運命を探して前進し続ける。集団レベルにおいては、文化、政治、宗教など、すべての分野において原理主義に走るのを回避する。自分のグループに属さない人、自分たちと異なった人を排除せず、熱意をもって新たな経験や人間同士の交流、共同参加を促していくこと。頻繁に乱用されている言葉をあえて使わせてもらうなら、〝愛〟を持って他者を受け入れることだ。

ファン　以前、確かイタリアで〝リスクの倫理〟という発言をされていましたね。それはどのように定義されるものなのですか？

パウロ　私にとって〝リスクの倫理〟とは、周囲が皆、事なかれ主義を叫び続けているなかでも、果敢にも自分の信念を貫き通せる能力だと考えている。現に社会は、私たちの振る舞いに対してますます厳格な規律を強要してきている。そんな規律を破る勇気が真の知性の冒険だ。この冒険には、つねに伝統的で時代遅れのパラダイムの破壊が伴っている。そこには狂気の知恵が存在している。これはご存じのとおり私の最新作『ベロニカは死ぬことにした』のテーマにもなっているんだ。

ファン　あなたは最新テクノロジーや新たな科学の進歩が、精神の発展にはむしろマイナスであるとお考えですか？

パウロ　いや、そうは思わない。確かに多くの人々が、テクノロジーが精神を害した、私たちから人間性を奪ったと考えている。でも私はそうは思っていない。あなたとの対談集のなかでジョゼ・サラマーゴがテクノロジーへの恐怖を述べていたけど、これは私が彼と同意できない数少ない点の一つだ。

ファン　恐怖を抱いているというよりは、それについていけない世代だと彼は言っていました。つまり、完全に乗り遅れてしまった世代だと。でも実際、彼は「電子メールでは、涙で文字が滲むことはないだろう」と断言していましたが。

パウロ　私が言いたいのは、テクノロジーと科学の進歩、インターネットから携帯電話まで、次から次へと開発される新製品は、数々の労働を簡単・快適にしようとする人間性の一部を担っているということだ。重要なのは、けっしてそれらの道具を神にしてしまわないこと。私たちの生活を便利にする道具、隣人たちとコミュニケーションをとるのに最大限の可能性を与えてくれる道具だ、という本来の機能を知った上で使用することだ。人間の最大の罪はコミュニケーションを断つこと、何も求めない、誰も愛さない孤独な状態だということを忘れてはならない。私たちが失われたみずからの片割れと出会うため、また互いを映し出す鏡となるために創造されたことを忘れないでほしい。出会いやコミュニケーションを容易にするものはすべて、結局は私たちがこれ以上非人間的にならないよう、より団結し合うために貢献してくれるものなのだから。

第5章　女性性

《私の人生は、女性と女性の持つエネルギーによって左右されてきた》
《女性というものを知るまで、私は慈悲というものが何たるかを理解していなかった》

パウロ・コエーリョの人格は、彼が人生や作品中に女性的な要素を取り入れてきたという点を抜きには語れない。このインタビューからもわかるように、昔も今も、女性は彼の人生のなかで重要な位置を占めている。男性としてのアイデンティティを持って、とりわけ光の戦士として真の闘いの道を歩んできたコエーリョが、ある日、自分のなかに宿る女性性を発見したくなった。それは彼が慈悲の心を持つことや、たえず身構えるのではなく、事のなりゆきに身を委ねることといった人生における新たな要素と出会った瞬間だった。また、それは神の女性的な面との出会いでもあった。今日、コエーリョが女性的な部分を備えていることや、われわれ男性の内外で女性が大役を演じているという見方なくして、彼の作品を読み取ることは不可能だ。ずばり女性の名前をタイトルに冠した『ブリーダ』、『ベロニカは死ぬことにした』の主人公たちはもとより、彼の著作に登場する女性たちの多くは大変重要な役割を担っている。しかし、何と言ってもコエーリョの持つ女性性がよりはっきりと表れているのは、おそらく彼自身がまるで女性であるかのごとく書き上げた『ピエドラ川のほとりで私は泣いた』であろう。

• •

ファン　今回はあなたのなかにある女性的な側面について話題に取り上げるとしましょう。それというのも、私は次の世紀が基本的には女性の時代になると確信しているからです。

パウロ　私もまったく同感で、来たる世紀は多くの分野において女性の社会進出がさらに際立つものとなると思っている。男性がより深刻なアイデンティティの危機を抱きつつこの世紀末を迎えている一方、女性は男性支配の世紀のあとで、少なくとも自分たちが望んでいることや、これから獲得する必要のある自主性をよりよく理解しているからね。

私個人については二つのことを語ることができる。一つは私の人生で出会った女性たち。もう一つは自分の内なる女性について。それというのも、私は自分が男性であると同時に、女性でもあると感じているからなんだ。

ファン　それではまず、あなたの人生で重要な役割を担ってきた女性たちの話から始めましょう。

パウロ　実際、私の人生は何らかの形で女性と女性の持つエネルギーによって左右されてきた。いよいよこのインタビューも完全に告白をする段階に来ているようなので、とても個人的なこと、私の女性関係でより象徴的だった出来事について話そう。なぜなら、最初の女性とのあいだに起こったことは、その後の人生で出会った、現在の妻クリスチーナに至るまでのすべての女性とのあいだでも繰り返し起こったことだからだ。

当時の私はとにかく演劇をやりたくてしょうがなかった。すでに話したように、作家になることと並行して人生最大の夢だったからね。だけど私は働いていなかったから無一文の状態で、そのうえ、家族との問題も抱えていた。私の両親は芸術家風を吹かせた私の気まぐれに我慢できず、弁護士などのようなもっと尊敬される職に就いてほしがった。ちょうど精神病院に放り込まれた頃のことだよ。家族にもて余されてね。それでも真の戦士だったから、演劇をやるという自分の夢のために闘い続けていた。

ファン　そこで一人の女性があなたの守護天使の役を演じたと。

パウロ　そのとおり。私にとって最も辛い時期の一つだったからね。もちろん今となっては、その時の多くの試練によって私の意志が鍛えられていたことに気づいているけど。現在、私が内面の葛藤もなく穏やかに暮らしていられるのも、その頃両親と繰り広げた闘いのおかげだ。私を永久に破滅させていたかもしれないそれらの試練は、将来の闘いに備え、私の魂がけっしてひるむことがないよう神が与えてくれたものだから……。

それで、演劇をしたいという思いはあっても、どうすればいいかわからないまま、漫然と日々を過ごしていたのだが、ちょうどそんな時に、私の人生に一人の女性が現れたんだ。女性というよりは、まだほんの少女だったな。私が十八歳で、彼女が十七歳だったから。私の人生における象徴的な女性だったよ。

ファン　象徴的とはどういう意味で？

パウロ　説明するよ。なぜならこれから話すエピソードは人間の本質、特にこの場合には女性の本質をよく言い表しているから。彼女が十八歳の誕生日を迎えた時、ブラジルの習慣に則って、両親は盛大なパーティーを開催したんだ。成人となる人生の晴れの日には、家族や友人たちからプレゼントを受け取ることになっている。その娘はファビオラという名でね、金髪に青い瞳でとびっきりの美人だった。彼女はその日自分が受け取るはずのプレゼントに胸をときめかせていたに違いない。何てったって人生初の一大イベントだもの。それに引き換え私は、彼女の傍にいてちょっぴり卑屈な気分だった。すっからかんでさ、タバコを買うにも彼女に借りなければならない状態だったからね。そりゃあ辛かったよ。

ファン　パーティーには招待されたのですか？

パウロ　いや、むしろそれ以上のことをしてくれたよ。ファビオラは私に内緒で両親や友人たちにプレゼント代わりに現金をくれるよう頼んでいた。そして誕生日当日、その金を全部受け取ったあと、私のところへやってきてこう言ったんだ。「ねえパウロ、あなたの夢は演劇に専念することよね。だったら、そうしたらいいわ。皆からプレゼントの代わりにお金をもらったから、使ってちょうだい。これであなたは大きな夢の実現に向けて挑戦できるわ」

ファン　それで、演劇の分野で働き始めることができたと？

パウロ　現実のこととは思えなかったよ。私に新たな道を開いてくれたんだからね。初めのうちは彼女も私の仕事を手伝ってくれていた。何年か後には、自分の力で活路を見出し、生活も安定してきてね。そうこうするうちに次第に疎遠になってしまったんだ。ところが、ブラジルで当時最も重要なテレビ局だったグローボ・テレビジョンで文章や脚本を書く仕事をしていた頃、ひょっこり彼女が現れてね。

ファン　よりを戻しにきたのですか？

パウロ　いや、そんないい話ではなかったよ。それどころか、彼女は私に頼みごとをしに来たのに、私は悪いことにそれを拒否してしまったんだ。きっとその瞬間、神は私の心の奥にある不寛容を刺激したんだと思う。笑顔でやってきたファビオラは、「パウロ、演劇ではないけど、テレビの脚本を書いているなんてすごいわ」と私の成功を喜ぶと、こう付け足したんだ。「ところで今日はお願いがあって来たのよ。あなたの局のディレクターが劇団を持っていると聞いたんだけど、紹介してくれないかしら。私、女優になりたいの」。これは過去の私の物語の再現だったんだよ。私が演劇をしたかった時には、彼女のほうは信じられないほどの寛容さで、自分へのプレゼントを諦めて、私の夢の実現へ向けて助けてくれたのに。

ファン　彼女が自分のためにしてくれたことを忘れたわけですか？

パウロ　忘れていたわけではなかったが、本当のところ、臆病になっていてね。ディレクターに直談判する勇気がなかった。そこで彼女にこう言ってしまったんだ。「ファビオラ、それはできない相談だよ」。彼女はがっかりして去っていった。その頃の私はとても薄情で、自分のことしか考えていなかった。だけど、それから一年経って自分のしでかしたことに気がつき、わが身を恥じたよ。自分のやましさを払拭するために、セカンド・チャンスを与えてほしいと神に心底願ったものだ。

ファン　そして、神はそれを与えて下さったのですか？

パウロ　そうなんだよ、ファン。神はまずその人のより悪い部分を自覚させ、次にその過ちを正すチャンスを与えてくれる。結局、ファビオラは女優になる夢を諦め、彫刻家の道を歩み始めた。そして素晴らしい才能を発揮してね、その分野で成功を収めたんだ。ある日のこと、もうその頃には、私もブラジルで確固たる名声を得た作家となっていたが、彼女とあるバーでばったり出くわしたんだ。彼女は会うなり、「素晴らしいわ、パウロ。あなたが著作で大成功しているなんて」と言ってきた。私は過去に自分がした仕打ちを思い、恥ずかしさでいっぱいになって、彼女の目を見つめて言った。「あんなに君にひどいことをした私に対して、いまだに優しく接してくれるのかい?」と。でも、彼女は覚えていないふりをした。許しを請う必要すらなかったよ。前にも話したけど、自分を傷つけた相手に対し、謝罪を求める必要を感じないのが最高の寛容さだ。人を許すことは、つねにある意味、許しを請う相手を低くし、自分を高める行為だからね。

ファン　つまり彼女はあなたを許すのではなく、寛容にもみんな忘れてくれた。あなたに屈辱感を与えないために……。

パウロ　間違いなくそうだろう。そして私に新たなチャンスを与えてくれた。「過ぎたことは気にしないで。あの時、私が演劇の道に行かなかったのはたぶん正解だったと思うわ。それに今、私は彫刻ができてとっても幸せだから。ところで、またパウロにお願いがあるんだけど」。それを聞いた時にはパッと輝いた気持ちになってね。思わず彼女に言ったよ。「何でも言ってくれ。今度はけっして君を失望させないから」。彼女は自分の制作した彫像をリオデジャネイロの公共の広場に設置するのが夢だと語ってくれたので、私はこう答えたんだ。「いいかい、ファビオラ。私はどんな労力も厭わないからね。君の彫像はきっと設置されるから。費用は私が負担する。彫像の設置に必要な許可等については、のちほど調べて報告するから」

ファン　それで、やり遂げたのですか?

パウロ　もちろん。ファビオラの作品は平和の聖母広場に設置されているよ。よかったら見に行ってほしい。この二人の子供の像は私たち二人の象徴でね。彼女は私の寄贈であることを銘記したがったが、私はきっぱりと拒否した。「私は何も寄贈してないよ。私が過去に犯した過ちを償うチャンスを与えてくれたのは、君のほうじゃないか」。これは、私の人生を知る上でとても重要なストーリーだ。だからこそ話しておきたかった。

ファン　つまり、実はその女性は、あなたの最もネガティブな部分を示すことで、あなたの最も良い部分と和解する機会を与えてくれていたのですね。

パウロ　私の人生を通り過ぎていった女性たちが、皆ここぞという時に人生の戸口に現れたのは事実だ。彼女たちは私の手を取り、私の仕打ちに耐えて、私の針路を変えてくれた。

ファン　現在のパートナーであるクリスチーナもやはりそうですか？

パウロ　紛れもなく。一緒に暮らして十八年になる。彼女は私が作家になるのを励ましてくれてね。ある日、こう提案してきたんだ。「あなたは作家になりたいの？　だったら一緒に旅に出ましょう！」。彼女のお蔭で数々の忘れられない体験をし、多くの魅力的な人々と出会うこともできた。いつだって良き伴侶でいてくれたよ。成功したのちにも、私が傲慢になることなく素朴でいられるよう気遣ってくれている。いつだって私の道に寄り添って歩き、一度だって私の探し求めるものに反対することなく応援し、気力を失うたびに元気づけてくれ、弱った時には支えてくれた。

そりゃあ私たちだって、みんなと同じように夫婦げんかはするよ。それにこのところ、一年のうち約二百日は離れ離れに暮らしている。しかし、私はたえず彼女を近くに感じているし、彼女のほうは愛情を持って財団の管理をし、絵の仕事に打ち込んでいるよ。

ファン　どのようにしてお二人は知り合ったのですか？

パウロ　私がどうしようもないくらい落ち込んでいた時期にね。ちょうど悪魔的なセクトと関わっていて、ほとんど魔物に取り憑かれていたんだ。彼女が初めて私の家に来た時、テーブルには悪魔崇拝に関する本が置いてあったよ。彼女に「今日の予定は？」と訊くと、プロテスタントの人たちと広場で歌うと言う。当時、彼女はその教会の一員だったからね。そこで、私は彼女が歌うのを聴きに行き、完全に魅了されてしまった。それ以来、今日まで人生をともにしているよ。私が女性好きだってことは彼女も承知しているけど、だからと言って私を責めることもない。彼女は自分の価値観に忠実で、最終的に私たちは愛情によって結ばれているからね。

ファン　では、過去の女性たちとは？

パウロ　皆、私が彼女たちにしてあげた以上に私によくしてくれたよ。ファビオラのことはもう話したからいいだろう。最初の結婚相手はヴェラというユーゴスラビア人女性だった。私よりもずっと年上でね。私が二十一歳で、彼女は三十三歳。男女関係の最も大切なことを教えてくれたよ。セックスから対話の仕方までね。二度目の結婚は名もなき妻と呼んでいる女性と。一緒に軍警察に誘拐された時、私が彼女に対して臆病な態度をとったことは前に話したとおりだ。三度目の結婚相手は私にとって大変重要な存在だった。十九歳の若妻で、私は当時二十九歳だった。一緒にレコード会社のポリグラムで働いていたんだ。私自身はもう自分がまともな人間になったと思い込んでいたが、彼女にはひどい態度をとって辛い経験をさせてしまった。その頃の私はそれくらいどうしようもない奴だったんだ。ともかく、私なんかよりもよっぽど大人だったこの女性たちがいなければ、今の私はなかっただろう。現在、私の精神のバランスを保ってくれている妻のクリスチーナ以外にも、私の仕事上での関係者はすべて女性だ。文学のエージェントから出版社の人たちまでね。女性たちはつねに私の人生に居合わせてくれる。

ファン　それはおそらく、あなたが女性たちとの接し方を心得ているからでしょう。男性の全部が全部、あなたのように女性たちのなかに愛情を呼び起こせるわけではないですから。ところで、あなた自身に宿っている女性とは一体どのようなものなのですか？

パウロ　実を言うと、内なる女性の視点から見ると、以前の私は自分の女性性をどちらかというと避けていた。私は戦士であり、闘いによって自分を解放し、男性的な部分を育てるのに勤しんでいた。だから、自分の内面には女性も存在しているということを発見するまで、慈悲や生命への情熱というものをきちんと理解していなかったと思う。私たち男性にとって内なる女性はとても重要な側面だ。それなしではけっして完全な人間にはなれないだろう。

ファン　いつ頃から女性の部分の必要性を意識し始めたのですか？

パウロ　先程も話したように、私は自分の道に立ちはだかる障害と常に闘い続けてきた。時には麻薬を断つといったような重要な決断を下しながらね。でも、たえず人生に圧迫されていた。しばしば私は自分自身にいら立ち、こんなふうに悪態をついたよ。「おまえは人生を何も理解していない。何一つコントロールできていないじゃないか」。そして、まずはリラックスして人生に身を任せるように努めた。そんな時には、威圧感から解き放たれ、まるで人生を自由自在に進んでいかれるような感じがして、気分が良くなったものだよ。しかし、すぐにまた問題が起こって、再び自制の必要性と決断を下すこと、人生の流れに身を委ねているだけでは十分ではないと警告を受けた。

ファン　それは、いつ頃まで……。

パウロ　生涯で最も強烈な体験だったフランスからサンティアゴ・デ・コンポステーラへの巡礼のあとまで尾を引いたよ。その時、ＲＡＭ教団の伝統である〝女性の道〟と呼ばれる巡礼道の踏破も誓ったんだ。ＲＡＭはカトリック教会から生まれた五百年の歴史を持つ教団で、とても古くからの精神的伝統を守っている。私は他の四人の信奉者たちとともに所属していてね。〝女性の道〟は〝ローマの道〟とも呼ばれているんだけど、その巡礼道の使命は、私たちの人格のなかの女性の側面を明らかにすることなんだ。『ブリーダ』はこの時の体験から生まれた作品だ。巡礼中に知り合った女性の物語でね、彼女のしてきた体験は私のと非常に似通ったものだった。いずれにしても、ブリーダは私が自分のなかに探していた女性だ。

ファン　その巡礼は、詳しくはどのようなものだったのでしょうか？

パウロ　大方の人はばかげたことと思うかもしれないが、私には忘れられない貴重な七十日間だった。どの道を通れば良いか、教えてくれる師がまったくいない状態で、自分の判断で歩き続けるんだ。おもに自分の見た夢を拠りどころにしながらね。夢は古来、女性の魂と結びついているのではないのかな？それで、昼間は夢に見たとおり実行しなければならないんだ。

ファン　自分の夢を解釈しなければならなかったということですか？

パウロ　解釈するのではなく、そのまま実行するんだよ。たとえばバス停の夢を見たら、一番近くのバス停へ行って、そこで何が起こるか見てみるんだ。ガレージの夢だったら、ガレージまで行って。ある夜、サッカーの夢を見てね。ブラジルとデンマークが試合をして、三対二でデンマークが勝つところだった。デンマークが二点入れてリードしていた時、私がもう一点入れなきゃと言ったら、ゴールが決まったんだ。結局、夢のなかでは三対二でデンマークが勝ったが、現実の試合では得点は夢のとおりでブラジルが勝ったよ。

ファン　もし、夢を見なかったら？

パウロ　いつも何らかの夢を見ていたよ。精神分析を受ける時と似ているが、夢を多く見るのではなく、夢の大事な部分を思い出すんだ。何の夢も見なかったと言うと、よく師にこう言われたものだよ。「いや、そんなはずはない。つねに何かしら見ているものだ」と。「でも、ガレージしか見ていません」と答えると、「何を期待していた？　聖母マリアでも見るつもりだったのか？　さあさあ、ガレージへ行って、何が起こるか見てきなさい」ってね。

ファン　しかし、夢の内容を誤ってしまったなと感じたことはないのですか？

パウロ　一度、間違って命を失いかけたことがある。〝ゲズ〟という名前を夢で見たんだ。これは山の名前であると同時に、近くの村にある礼拝堂の名前でもあってね。てっきり山のほうだと思い込んで登ってみたが、非常に険しくて危うく命を落とすところだったよ。私はまったく見当違いをしていて、正しくは礼拝堂のほうだったんだ。

ファン　なぜ、〝女性の道〟と呼ばれているのですか？

パウロ　ＲＡＭ教団の伝統によると、規律と自己努力に基づいて意志の力を発展させるサンティアゴ街道の巡礼に対し、〝女性の道〟は特に慈悲や瞑想、生命の根源や大地への接近を呼び起こさせ、発展させるものだからだ。サンティアゴ街道のほうはより活動的で闘いも多い。だから私はこちらをより〝イエズス会的〟だと言うことが多い。イエズス会は兵士だった聖イグナティウス・デ・ロヨラの創設したグループだからね。その一方〝女性の道〟のほうはもっと瞑想的。言うなればより〝トラピスト会的〟なものだ。なぜなら、トラピスト会の修道士たちは瞑想や内面の深淵を見出すことに身を捧げていた。つまり、イエズス会よりもっと女性的な信仰だったわけだ。修道士たちは長い瞑想をおこないながら、自分たちの手で畑を耕して共同生活を営んでいる。イエズス会士はもっと活発で、世界中で闘っていたからね。

ファン　確かに、ギリシア神話に登場する最古の神は大地と肥沃の女神ガイアですからね。ところが戦士だった男性たちが力強い男神を創り出して以来、女性は二番手に追いやられ、神は天罰を手にした厳しい裁きの神に変わってしまった。

パウロ　だから私は、多くの宗教が生命や人間、ものごとに対する愛や慈悲という神の女性的な面を奪い取ったやり方が好きになれないんだ。事実、生命の創造はゆっくりとした神秘的な母体のプロセスだから、男性の論理とではなく、生命を守り、自分が生んだ子を殺してしまう戦争はけっして望まないという女性の本質と深く関連している。

ファン　「女性性を呼び覚ます」とは、つまりどういうことなのでしょうか？

パウロ　性的なものとはまったく関係なく、通常の論理の範囲から外れた自由な発想による表現だよ。ご承知のとおり、夢と密接な関係があると思われる本能的なものと論理的なものの融合を描写するのに女性を象徴的な人物として扱う作家は少なくない。新約聖書の逸話では、ポンテオ・ピラトの妻は夫の論理に添わない夢を見、彼はそれを重要視せず、妻の申し出を聞き入れなかった。シェイクスピアは『ジュリアス・シーザー』の作中に最高権力者の地位を目前にした英雄の妻を登場させ、三月のとある午後、元老院に出席しようとする夫に危険を伝えさせる。シーザーは論理的にいって女になど政治の現状がわかるわけがないと考え、そして彼もまた過ちを犯した。

ファン　あなたは、ご自身の女性の部分とは容易に再会できましたか？

パウロ　いや、時間がかかって難しかったよ。つねに男性主体で、女性の価値を軽視するのが常識だという文化のなかで育ったので、身に着けた殻を一つひとつ剝ぎ取っていかなければならなかったから。まるで歴史上、デカルト以外の哲学者は存在しなかったと言っているような文化だからね。世の中には、2＋2は必ず4だとするデカルト合理主義の論理とは別の見方をする神秘論者も存在している。たった一つの論理では神秘や想像の豊かさとの接触を失ってしまう。そんなこともあって、私は東洋的なパラドックスの哲学が好きなんだ。直線ではなく、有であると同時に無であるという円環の哲学。生命はあらかじめ答えの用意されているロボットのようなものではないし、予測不能でたえず変化し得るから。

ファン　古典数学の2＋2＝4に関して、スペインの哲学者フェルナンド・サバテルが私との対談集のなかで次のように述べていました。「どれだけしゃかりきになってがんばったって、知識で感情的な反応を測ることはできないよ。いくら数学では2＋2＝4でも、二つの不幸＋二つの不幸は単に四つの不幸ではなく、時として、人を窓から飛び降りさせるからね」

パウロ　みごとだね。

ファン　われわれの知識というのは、特にアフリカ文化を除く西洋では、基本的に男性主体のものですからね。

パウロ　私は鳩と蛇の伝承が好きでね。時にはものごとをより深く理解するために物質的なシンボルが必要なこともある。私がお気に入りの古典的なイメージは足元に蛇がいる無原罪のマリアの姿なんだ。鳩の伝承とはつまり聖霊の伝承で、大切なのは罪を負わせることではなく〝宇宙の魂〟と呼ばれる集合的無意識の言語を読み取ることだ。他方、蛇の伝承とは罪を負わせる伝承で、古典的な知恵の伝承の対極にある。人はどちらか一方に居座ることはできない。そうではなくて、両方を調和させなければならないんだ。論理と直感をね。

ファン　レオナルド・ボフが著書『鷲と雌鶏』でアフリカの神話を引き合いに出し、それと同じことを述べていました。鷲は誰もが心のなかに持っている神秘的な部分であるが、高みを飛んでいるので存在を忘れられている。一方、地面すれすれに飛ぶ雌鶏は具体的なもの、つまりあなたがおっしゃっていた合理主義の論理で、夢も、超自然的で予測不可能な事象もほとんどない。だけど、それもまた勘定に入れなければならない現実であると。

パウロ　ボフの本はさすが的を射ているよ。新約聖書にもこの手の話は多くて、たとえば、キリストが自分は法を消し去るためにではなく、法の精神が成し遂げられるために来たと言う場面があるよね。法を尊重し、遵守してばかりいると人々の生活を麻痺させてしまうが、一方、法がまったく存在しない無法状態でも人は生きてはいけないからだ。

新約聖書のなかにも、キリストが弟子たちに、人々のあいだでは「蛇のようにさとく、鳩のように素直でありなさい」と諭す場面が出てくるが、私はあれがことのほか好きでね。私たちはしっかり地に足をつけて、正確で客観的に、注意深く行動しなければならない。だがそれと同時に、ものごとの移り変わりに目を向け、私たちの無意識に語りかけてくる隠された言葉、理性ではなく私たちの女性の部分に語りかけてくる秘密の言語を読み取る努力をしながら、状況を眺めることを楽しめるようにもならなければ。

ファン　思想の女性的体系とよく口にされますが、それは何を指しているのでしょうか？

パウロ　思想の合理主義的体系と呼ばれるものの対義語だね。女性的な思考とは、西洋で長きにわたって思想を支配してきた古来の男性的論理とは違った形でものごとを捉えることだ。

ファン　あんなに女性の自立を勝ち取るために闘ったにもかかわらず、いまだにあなたが〝アカデミー〟と呼ぶ、つまり公の知識の分野では、女性にわずかなスペースしか与えられていないという現状があります。たとえばスペインにおいて、女性が大学総長を務めたのはたったの一例だけです。

パウロ　そして、その女性はおそらく男性以上に男性的観点から職務を遂行していたのではと思うのだが。

ファン　イスラエルのゴルダ・メイアから英国のマーガレット・サッチャーまで、歴史に名だたる偉大な女性政治家と同様にね。確かに彼女たちはとても男性的でしたね。

パウロ　そこが大きな問題でね。だから、思想の女性的体系と私が呼ぶものはそれとはまったく別のものなんだ。女性とは神聖で、女性的エネルギーにあふれ、聖なるものと汚れたものとのあいだに壁が作られるのを阻止する存在。神秘的で、不可思議で、奇跡の論理なんだ。先に、ガレージの夢を見たら翌朝そこへ行って何が起こるか確かめなければならないという〝女性の道〟について話したよね。どこか論理性に欠けるけど、だからこそ計り知れない未知なるもの、生命の深いところにあるものとより密接に関わっているんだよ。それが私にとっての女性性だ。

フアン　先程、われわれは次の世紀はより女性の色が濃いものになるだろうと話していましたね。つまり、より液状で固体の性質が少ない子宮内のような時代。あなたは間近に迫った未来における女性の役割をどう見ていますか？

パウロ　男性の役割とまったく同じだよ。私が話しているのは女性についてではなく、女性性についてだからね。だって、あの押しつけがましい女性解放運動で何が起こった？　権限の一部を勝ち取ろうとしたけど、その後、結局は男性と同じように職務をこなしただけじゃないか。そんなの女性性ではないよ。女性は女性固有のエネルギーと男性的なエネルギーのバランスをとることを知るべきだろうし、同様に男性だって、すでに自分のなかに存在している男性と女性のエネルギーを調和させることを学ぶべきだ。

フアン　男性がほとんど話題にしない問題を取り上げたいと思います。われわれ男性の内には男性だけが存在しているわけではない、自分の内にある女性も発見するべきだ、と繰り返し述べてきましたが、実際、男性たちはかつて男性優位主義《マチスモ》が否定した女性的な部分を発見しつつあります。しかし、それにもかかわらず、女性が内に秘めた男性的な部分を見つけ出すことは認めず、女性はただ女であればいいと願う。そんなのあまりに利己主義すぎますよ。自分たちは内なる女性を見つけ、より完全なものになろうとしながら、女性たちが内なる男性を発見し、完全なものになろうとすることを拒むのですから。あなたはこれをフェアだと思いますか？

パウロ　そうなんだよ、ファン。まったく同感だ。だけど、これは私の問題でもあなたの問題でもなく、彼女たちの問題なんだ。私たち男性は女性に対し家父長主義でいることはやめるべきだ。男性たちが自分のなかの女性を発見するなら、女性たちだって自分のなかの男性を発展させてゆくのがフェアだろう。たとえ私たちが彼女たちの非常に女らしいところをより好むとしてもね。だが、この闘いから自由にならねばならないのは女性自身だ。剣を手にして闘わなければならないのは彼女たちで、私たちが代わりに戦ってあげるわけにはいかないよ。闘うことが理解できれば、男性エネルギーが何たるか発見できるだろう。

ファン　われわれは、現実には女性は女らしく振る舞うべきだと決めつけ、権力者には男性的な能力を要求するこの社会に甘んじています。そんななかで、もし女性が根本的には女性的なもの、つまり、神秘的で、受け身で、芸術的創造の極限に属したものであることを受け入れてしまったら、自動的に女性を、人の上に立つ立場から遠ざけてしまうことになるのでは。

パウロ　そうかもしれないが、やはりこれは私たち男性が解決できる問題ではないと思う。そのことを自覚し、手に入れるために闘わなければならないのは彼女たち、女性だ。最初の女性革命で、女性差別を撤廃し、少なくとも論理上は男性と同じように権限あるポストに就けるようにしたように、今度は二度目の闘いに挑むべきだろう。そして権力を勝ち取った時には、男性がそうであったように独占的に管理するのは避けねばならない。そうしないと、結局、ただ単に男性がしていたことが女性に移っただけで、事態はまったく変わらない。

だから、女性が権限のある地位に就いた時には、女性の特性を忘れることなく職務を遂行すべきだろう。社会の構造は基本的には男性構造になっているので、女性たちは女性の活力を浸透させながらこの図式を壊してゆくべきだろう。そうすることで、男性社会と女性社会、それぞれのプラスの要素が共存する社会を構築できるのだから。

第6章　魔術

《黒魔術が恐ろしいのは、自分が絶対的権力を手中に収めていると信じ込ませるからだ》

《私は自分を魔術師であると見なしている。自分の持つ天賦の能力と可能性を伸ばそうと努力している人間だからだ。そういった意味では誰もが魔術師と言えるだろう》

有名作家となる以前、パウロ・コエーリョは、自分の意のままに雨を降らせるといった特別な能力を持つ魔術師として広く知られていた。今日、彼はむしろ五大陸で自作の翻訳本が発行部数を競り合っている作家として認知されるほうを好んでいる。この告白の書で彼は、麻薬体験だけでなく、あらゆるタイプの魔術との過去の痛々しい体験を露わにしてくれた。しかも最も邪悪な黒魔術に至るまで。それらの前では、悪魔的な儀式など取るに足らないものだと彼は断言する。その道がみずからを破滅へと導き、まさに悪の奈落に深く沈みつつあることに気づいた時、彼は黒魔術から離れた。コエーリョは人生における魔術的な次元を今もなお信じ、われわれは皆、自分のなかに眠っている潜在能力を伸ばすことができ、誰もが決心さえすれば、ものごとが内に秘める秘密の言語を読み取ることも可能だと考えている。

ファン　人生の魔術的要素を今でも信じていらっしゃいますか？

パウロ　百パーセント信じているよ。

ファン　魔術と魔術的なものにはどのような違いがあるのでしょうか？

パウロ　魔術というのは道具で、魔術的なものとはこの道具によって作り出される産物。魔術はハンマーや剣、道具のように存在するもので、魔術的なものとはそれをどう使うかということだ。

ファン　今でも自分を魔術師だとお考えですか？　多くの人が〝パウロ・コエーリョは、かつて魔術師だった〟と言っていますが。

パウロ　〝かつて〟ということはない。私は今でも魔術師だよ。すべての人がそうであるようにね。確かに私はカトリックの精神に基づく伝統に従っているが、それでも誰もが、未開発の天性を持っていると固く信じているよ。中身のない世間の常識とやらはそれを認めずに、私たちを迷信家とか何とか呼んでいるけどね。私は自分の持つ天賦の能力と可能性を伸ばそうと努力している人間だ。それが魔術師であるということであって、別に自分が他の人々より優れているとか劣っているということではない。

ファン　それでは、あなたの過去のネガティブな体験談に入る前に、まずは魔術について詳しく説明していただきたいのですが。

パウロ　いいかい、私たちが現在していることも一種の魔術的行為だよ。だってこれは、私があなたを信頼してすべてを語ろうとするか否か、全部私にかかっている儀式だからね。今この瞬間、私にとってあなたはあなたではなく、私のすべての読者たちであり、彼らの持つ好奇心だ。あなたがこれからすることは、読者に成り代わって私に質問をすることで、それはあなたの才能だ。要するに、あなたがジョゼ・サラマーゴとの対談集『可能な愛』でしていたことと同じさ。あの本には、偉大なポルトガルの作家をより深く知るために、私自身が読者の一人として本人に直接質問したいと思っていたことがそのまま書かれていたからね。このタイプの出来事は、私にはおよそ神聖なものに思えるんだ。人格の秘められた部分に触れるだろう。

フアン　しかし、あなたには黒魔術というネガティブな魔術の体験もありますよね。それについてはどのような思い出がありますか？

（長時間のインタビューで、黒魔術の話題について触れた時ほどコエーリョが緊張し不安げな表情を見せたことはなかった。作家は午前零時になるので話をする前に少し休憩を入れたいと申し出た。彼にとって日付が変わるこの時刻は神聖な儀式の時だからだ。彼は自分の人生にとって重要な鍵となる痛々しい時期について明らかにすることを意識し、この話題に入るのをためらっていた。そして、これから魔術について語るから部屋の明かりを全部消し、蠟燭に火を灯してもよいかと尋ね、そのとおりにした）

フアン　それではあなたの魔術体験のテーマに入ろうと思います。魔術の世界についてはほとんど知られていないので、おそらく読者の皆さんも、あなたがそこでどんな体験をしたのか関心があることでしょう。

パウロ　年代順に説明していくよ。順を追って語りながらわが身を振り返り、整然とした告白になるよう努めるから。麻薬に関するネガティブな体験についてはもう話したよね。私の受けた教育はイエズス会的なものでね。神に関してある概念を植えつけるものだった。他の人の場合はどうだかわからないけど、私にとってそれは非常にマイナスな体験だった。その証拠に、幼少時代の信仰を失ったのはとりもなおさずイエズス会の学校でだからね。信仰を押しつけるのは反抗心を駆り立て、別の道に逸れさせるのに最適な方法だ。そういえば、フィデル・カストロもイエズス会士らから学んだと聞いたことがある。私にとって、押しつけられた宗教教育への反抗はマルクス主義に走ることだったからね、それからだよ、マルクスとエンゲルスを読み出したのは。

ファン　そのうえ、それはブラジル独裁政権の時代ですよね。

パウロ　ちょうどその頃だったからこそ発禁本を手当たり次第に読み始めたんだ。そのうちの一つがマルクス主義文学だった。何しろ当時は悪魔のように考えられていたからね。とにかく何でもかんでも読み漁って、自分は無神論者だと思い込んでいた。だけど無神論者であった時代はそんなに長続きしなかった。それというのも、作家への関心を抱き続けていたからだ。そこで例の古典的な問いを自問し出したんだ。「私は誰?」「何のために生まれてきたの?」「自分もいつか消滅するの?」「私のルーツは?」ってね。その頃何歳だったかよく覚えていないが、一九六九年前後で、ヒッピームーブメントが神秘思想の総力を傾けてブラジルに入り込んできた時期だった。

ファン　そして、あなたもそのムーブメントに熱中したのですね。

パウロ　何なんだ、これは?　と思ったよ。当初は単なる現実逃避の方法にしか見えなかったね。私はマルクス主義にかぶれていて、民衆のため、自由のため、プロレタリアートの権利のために闘おうなんて考えていたから。もっとも、実際には大きな矛盾を感じてもいた。プロレタリアートの権利のために闘って、抗議デモに参加する一方、ビートルズにぞっこんだったわけだから。純粋なるマルクス主義を超えた何かが自分のなかにあってね、それが私に「サージェント・ペパーズ！」と叫ばせていたんだ。おまけに、演劇も崇拝していたから。

ファン 根本的にあなたの探求は、政治的というより精神的なものだったわけですね。

パウロ 実際、私は精神世界に惹きつけられていて、現実離れした体験を求めていたんだ。それというのも押しつけられた伝統的宗教教育では自分を満足させることができなかったからだが。そんなこともあって、現実世界からよりかけ離れたインドの宇宙生成論へと向かった。あれには全身全霊で入れ込んだよ。手に入れられたマントラはすべて暗唱したし、ヨガや瞑想に取り組み、東洋の精神世界と関係あるものはすべてやってみた。

ファン 当時は独身だったのですか？

パウロ いや、最初の妻と結婚していた。彼女はお金があったから、私は何の心配もなく読書だけしていられたんだ。あらゆる種類の本を読んだよ。ルイ・ポーウェルとジャック・ベルジェの『魔術師の朝』から史的唯物論の文学までね。その頃はヒッピーの共同体で暮らしていたんだが、ある日突然、妙なことを考えついた。もし私が一九二八年に生きていて車を運転し、その瞬間にヒトラーが前を通って、うっかりひき殺してしまったとしたら、自分では知らぬまに何百万人もの運命を変えていたのではないか？　そりゃあそうなったら一人の男を殺した罪で投獄されてしまうだろうけど。その男はのちに自分がヒトラーになるとは知らずに、私のほうも何百万人もの命を奪う潜在的殺人者を殺したとは知らずに。

しかし実際には私が、社会や時代、世界のすべての構造を変えることになっただろう。こんなことを考え始めたのもその頃だ。ばか言うな！　そんなこと信じられるか。だって現実には自分たちの知らないもっと多くの出来事がこの地球上に起こり得るんだぞ。このような考えとインド神話学の影響から、さまざまな経験に手を染め出したんだ。スピリチュアルな探求に足を踏み入れた多くの人々と同様にね。

ファン　そしてその頃、あなた自身がまだどういうものかもわかっていなかった、精神的な探求の手ほどきをしてくれる師を探し始めたのですね。

パウロ　そうだ。ある人物に絶大なる期待と信頼を寄せてね。そしてある日、それが幻滅に終わるんだけど。でも、その探求し始めの時期というのは、その人にとって重要で不可欠なものとなる。つまり、手を引いて人生の神秘に満ちた迷路を導いてくれるからだ。そこで、私は多くの師やさまざまなセクト、ありとあらゆる哲学の手に落ち、その後、自分自身の極端な性格によって、スピリチュアルな探求のなかでも、より過激で極左のものへと至ってしまったんだ。

ファン　人とは違ったものを求めて、友人たちに差をつけたかったのですね。

パウロ　それと今思えば実にばかげた動機だけど、女性たちを夢中にさせたかったから。より珍しいものに関する知識をひけらかして関心を引いてね。そこで最高に危険で非情な秘密結社はどこだろう？と考え、人からあるセクトの名前を教えてもらったんだ。その名称を口にしたくないから、とりあえず秘密結社〝黙示録の曙〟と呼ぶことにするよ。そこには偉大なる指導者がいてね。

ファン　そして、あなたはその師に没頭した。

パウロ　彼に関する著述はことごとく読破したよ。その時には私もすでにいろんな体験をしたあとで、オルタナティブな出版物を刊行しようと思って、書きためていた頃だった。雑誌を創刊したことは前に話したよね。そんな状況下だったから、一刻も早くその人物に直接会わなければと思い、雑誌のインタビューをしに行ったんだ。その男が協力してくれるだろうと信じてね。すると驚いたことに、魔術の話題に関して多くのことを知っているはずの男は、ほとんど書物を持っていなかったんだ。何でもよく知っている人というのはたくさん本を持っているものだと思い込んでいただけに本当にびっくりしたよ。

（この時、われわれの写真を撮ろうとカメラを取り出したクリスチーナにコエーリョは言った。「クリスチーナ、写真は撮らないでくれ。私たちは今、魔術の話をしているんだ。魔術師たちは画像に驚くべき力があると言っているからね。事実、カルロス・カスタネーダは生前、自分の写真を撮らせず、一枚の写真も残さずに逝ってしまった。もちろん私はカスタネーダではないけど……」。しかし、クリスチーナは夫の言うことに耳を貸さずシャッターを押そうとした。ところが、夜だというのにフラッシュが機能しない。「ほらね」コエーリョはコメントした。「魔術について話しているから写真は撮れないよ。クリスチーナ、お願いだから私の気を散らさないでくれ。今、私は自分の人生におけるとても内密な出来事について語っているのだから」）

フアン　あなたが雑誌のインタビューをしに行った人物についての話を続けますが、その師があなたに黒魔術のセクトのことを教えてくれたのですね。

パウロ　インタビューは大変有意義なものだった。彼は本を三、四冊持っていたんだが、何だか面白そうなものでね。誰の本かと尋ねたら、アレイスター・クロウリーのだったよ。たぶん、あなたもクロウリーの名は聞いたことがあるだろう。多くの人に多大な影響を及ぼした人物だからね。そして、当時のパートナーだった名もなき妻と一緒にそのセクトを訪れ、魅せられたんだ。

ファン　その秘密結社はどのようなものだったのですか？

パウロ　十九世紀の初めに結成された組織で、その方針は「完全なる探求と完全なる無秩序の結合」だったから、二十三歳の若造には申し分ないほど理想的だった。一度、この時の体験、つまりハウル・セイシャスとの出会いから監獄に至るまでの体験について作品に表したことがあるんだ。だが、クリスチーナが出版を許さなかった。彼女はいきさつを知らなかったから、興味津々で原稿を読んでいたが、ほとんど終わりに差しかかった時に、まるで降臨した聖母マリア像のような顔つきで私を見つめて言ったんだ。「この本は出版しないで。これは悪について、あなたの悪との体験についての本だから」。私は反論したよ、「でもクリスチーナ、これは単なる悲劇的体験だ」と。それでも彼女は執拗に言い張った。「確かに面白いけど出版はしないで。誤解を招く可能性があるから」。そこで私はパソコンからその本のデータを全部消し、眠れぬ一夜を過ごしたよ。だって、あとは印刷に回すだけけって状態だったんだからね。翌日、編集長をレストランに招いて夕食を一緒にし、その場でこう告げた。「目を通してくれないか。君がこれを最後に読む人になるだろうから」。編集長は気でも狂ったんじゃないかという顔をしていたよ。そこで私はこの作品を破棄するつもりだと告げ、そしてそのとおりにした。ハウルとの出会いを語った章だけを残して、残りは全部捨てたんだ。

ファン　本のタイトルは？

パウロ　『オルタナティブ社会』だ。さて、よりよく理解してもらうため、アレイスター・クロウリーについてもうちょっと説明を付け加えるよ。魔術史上、大変興味深い人物でもあるからね。私が足を踏み入れた秘密結社の名称だけは口にしないけど、そこで起こったことは話すつもりだから。インターネットのサイトでクロウリーの写真を見ると、悪の顔をしていることがよくわかる。強烈な人格を持つ邪悪な男でね。古典魔術が衰退していた時期に登場した。フリーメーソンやその他のイギリスの秘密結社が暗躍していたところへ現れ、「秘密にすることはない」と主張して、それまで極秘にされていたすべての書物を刊行し、自分の組織を結成した。そして、そのなかで社会的、政治的イデオロギー体制を作り出したんだ。すべてのイデオロギー体系にはそれぞれ『資本論』や『福音書』など、不可欠な本が存在するが、クロウリーの組織にとってのそれは『法の書』と呼ばれる彼の著書でね。クロウリーによれば、カイロで天使から啓示を受けたものだとか。

ファン　その本で主張していたのはどんなことですか?

パウロ　クロウリーの偉業の集大成とも言うべき、非常に明晰な主義が宣言されていてね。すべての権力体系を〝弱肉強食のジャングルの掟が存在する。弱者は奴隷、強者は権力者であり自由である〟と概括し、展開していたよ。これが全部、極めて断固たる、魅惑的で神秘的な文体で表現されていた。私は夢中になると同時に無責任にもその教義を実践し始め、すぐに好結果をもたらしたんだ。

（アレイスター・クロウリーに関するホームページには次のように書かれている。「謎の人物で多くの批判を浴びた。道徳的支配がことのほか強く、彼に〝世界一邪悪な男〟という異名を与えたビクトリア王朝当時だけでなく、現代においてもその名は彼の人格や思想体系を信じる人々のあいだに邪悪・背徳の威厳を彷彿させる。不名誉にも黒魔術師に位置づけ、不条理にも悪魔主義者と捉える向きもある。彼の伝記においてしばしば触れられず、あるいは過小評価されていることの一つに、アレイスター・クロウリーはある種の精神的探求については明確な主義を持ち、広義に解釈すると魔術師の一人であったという事実がある」）

ファン　当時はその秘密結社を盲目的に信じていたのですね。

パウロ　正直言って、魅かれていたのは確かだが、信じていると同時に信じていなかったというか、信じることなく信じていたんだ。ちょうどその頃、のちに私の人生に大きな影響を及ぼすことになる歌手、ハウル・セイシャスと出会ってね。まるで何もかもが同時に起こった状態だったな。そこでハウルもその秘密結社に連れていったんだ。まったくの自由で、組織のなかに掟もなかったから、極悪人にも善人にもなり得たわけさ。そこには誰でも入れた。セックス、思想など完全に自由だっただけではなく、迫害の自由まで存在していてね。自分の持つ力を限界ぎりぎりまで持っていく体験に明け暮れたよ。

ファン　恐怖心はなかったのですか？

パウロ　実際にはそれらの出来事を信じることなく見ていたからね。あるいはプラスの面だけを見ていたとでも言うべきだろうか。当時の私はとても感化されやすくて、自分自身や他のメンバーたちの人生に大きな変化が起こっていると思い込んでいたよ。もうちょっとあとになって、白魔術と黒魔術を分けているのは、時として非常に微妙なものだと気づき始めたんだ。すごく具体的な、たとえば黒魔術は他人の運命に干渉しようとすることだとかね。

これが黒魔術と白魔術のあいだにある障壁であり、境界であり、隔たりなんだ。教会に行って聖母マリアに蠟燭を灯し「あの人と結婚したい」と唱えるとする。この場合には、たとえカトリックの教会にいたとしても黒魔術をおこなっていることになる。しかし、十字路に行って、みずからの健康回復を祈願して悪魔たちにお供えをするのは白魔術だ。なぜなら、他人の運命に影響を及ぼすものではないから。要は他人の人生に干渉するかしないかということなんだ。でも、君のほうから質問してもらったほうがいいんじゃないかな。私にとってはどれもひどくデリケートな内容だからね。

ファン　いいえ、ご心配なく。どうぞ思いつくままに話してください。

パウロ　それらのことはすべて、私にとって大きな象徴的意義を持っていた。いわば変動のシンボルだったんだ。そこでハウルと私は、その秘密結社への奉仕となるような音楽を提供しようと決め、着手した。私たちが作った曲は歌われたが、その歌詞にはサブリミナル的に秘密結社の主義主張が織り込んであった。ことごとく専門的で完璧なまでに明解な、一種のマントラだったよ。悪というのはね、ファン、実にわかりやすいものなんだ。

ファン　どうしてそのセクトを悪の支配だと見なすように?

パウロ　当時はまだ悪の体験とは思っていなくて、むしろ革命と捉えていた。というのも、クロウリーが黙示録の始まりという態度をとっていたからだ。「私は生命である。待ち望まれた生命である。私はこの社会を完全に変えるためにやってきた」とね。私はそのセクトを何か良いもの、プラスのものだと見ていた。そして一連の儀式を実践していったんだ。そのうちのいくつかの儀式は拒んだけどね。守護天使や聖ヨセフへの献身といった幼い頃からの信仰を捨てたくなかったから。

ファン　そのセクトはとても反宗教的なものだったのですか?

パウロ　そう。完全に反宗教的だった。前にも話したが、その頃、私も反カトリックでね。両親に強制された宗教は捨てたが、昔の信仰のいくつかは心のなかに保持していた。

ファン　それが何らかの形で悪とつながっているると自覚し始めたのはいつですか？

パウロ　投獄される前のある日のことだった。この件に関しては、事実確認できるように証人たちの電話番号を用意してあるよ。私は自宅にいたのだが、突然目の前がすべて黒く覆われ始めて。その日は何か予定が入っていたはずだが、何だったかは思い出せない。当時結婚していた名もなき妻は外出中だった。まずは前にやった特殊な麻薬の影響が出たと考えたが、どうも腑に落ちない。麻薬をやめたのは一九七四年だけど、すでに向精神薬は飲んでいなかったから。コカインは少々やっていたけどね。

ファン　具体的には何が起こったのですか？

パウロ　その日、かなり早い時間帯から、さっきも言ったようにすべてが真っ黒に見えて、自分が死ぬのではないかと戦慄を覚えたよ。それはとてもはっきりとした、形のある目に見える黒い物体でね。妄想なんかじゃなく、触れることのできるものだったよ。いずれにしても、最初の印象は自分が死ぬということだった。

ファン　その黒い物体とはどのようなもの？　何か見えましたか？

パウロ　ああ、見えたよ。部屋全体を覆っているのではなく、一部分だけだったから。まるで今ここにある蠟燭が突然煙を吐き出し、その煙が家中を侵略するような状態だよ。真っ黒な煙で、次第に集結していき、今にも何も見えなくなりそうで、何よりもパニック状態を引き起こすんだ。

ファン　ほかに現象はなかったのですか？　黒い煙だけ？

パウロ　なかったね。特に最悪だったのは、黒い煙が蔓延していくのにともなって、とうてい言葉で表現できないような一連の雑音がしていたことだ。

ファン　誰かと一緒だったのですか？　それとも一人？

パウロ　まったくの一人きりだった。その階は丸ごと私の所有物でね、自分は金持ちだと思い込み、幸せな気分に浸っていたから。でも、その暗黒が空間の半分を床から天井まで覆い、私は完全に精神のコントロールを失った。それが悪の存在だと気づいて、パニック状態に陥ったんだ。次いで、その現象を当時頻繁に会っていた女性の仕業かと勘ぐったよ。彼女とは暗示をかける実験なんかをしていたからね。でもそれは、自分にとってはプラスのことだと捉えていたんだ。他の人たちからは良く思われてなかったけど。

ファン　奇妙な現象を前に、どのように反応されたのですか？

パウロ　私がグループのメンバーの一人に電話したのか、電話がかかってきたのかはよく覚えていない。たぶん、相手のほうから電話してきたんだったと思うが、向こうでも同じことが起こっていると聞いてね。そこでそれは現実の出来事で、幻覚ではないとわかったんだ。それに、その人はセクトの内情をよく知っている人物だったから。私たちはグルと連絡を取りたかったが、不可能だった。グルのもとには電話がなくてね。一九七三年のリオでは個人が電話を所有するのはとても難しいことだったんだ。

私は混乱状態に陥って怯えきっていた。それでも何とか行動を起こそうと、自分自身に言い聞かせた。忘れろ、注意を逸らすんだ。恐怖を取り除くために何か別のことを考えろって。しかし、暗闇はそこに居座ったまま、消えることはなかった。そこで気を紛らわすために、家にあるレコードの枚数を数え始めたんだ。あまりに多すぎてそれまで一度も数えたことがなかったからね。レコードが終わると、今度は本の冊数を数え出した。だが、相変わらずその黒い物体はその場に存在し続けたよ。

ファアン 家中の物を数え終わってからは何を？

パウロ 恐怖にがんじがらめになっていたから、唯一の解決策は教会に行くことだと思ったよ。ところが、何らかの力によって家から出るのを阻止され、死が迫りくるのを感じた。その時、当時の妻が戻ってきてね。彼女も同じセクトに所属していたんだが、やはり私と同じで、その暗黒を体験したばかりだった。それからだんだんと、ハウルも含め、皆が同じ体験をしていたことが判明してきたんだ。私は悪の存在を何か目に見える、触れられるものとして感じたんだよ。まるで悪に「おまえに呼ばれたから現れたんだぞ」と言われているようだった。

ファアン どのくらいの期間、そのセクトに？

パウロ 二年ぐらいだね。そういえば、妻と私が麻薬にどっぷりと浸かっていた頃、牛乳を飲むか、顔に水をかけると楽になったことを思い出してね。最初のうちは彼女も私も、ぞっとするような暗黒を通り抜けてバスルームに行く勇気がなかったんだけど、やっとの思いで決心したよ。頭に水をかけ合ったら多少気分が良くなった。そこでシャワーを浴びたらもっとましになるだろうと考え、やってみたんだが、シャワーから出るとまた元の木阿弥でね。険悪な謎の黒い物体はそのままだった。するとその瞬間、私の脳裏に幼い頃の信仰心がすべて甦ったんだ。問題は死ぬかどうかということではなく、むしろそのような実体を伴った目に見える謎のエネルギーの存在を確認することだったんだ。

ファアン 秘密結社の儀式のなかでは、悪を呼び起こすようなこともしていたのですか？

パウロ つねにね。でも悪を悪としてではなく、大いなる反逆として理解していた。

ファアン 悪魔主義の秘密結社だったのですか？

パウロ　そこで体験したことと比べたら、私も良く知っている悪魔主義的な儀式など取るに足らないものだよ。それはもっともっと危険なものだった。

ファン　サタン教会よりも危険だと？

パウロ　はるかにね。サタン教会はより哲学的で組織化された、根本から危険なセクトで、あそこでも魔術の慣例的な儀式をことごとく実践したけど、その秘密結社は純然たる力の王国だったから。時には悪を呼び起こし、何らかの具体的成果をもたらすこともあったが、部屋中を覆いつくしたあの黒い物体ほどはっきりと目に見える形で現れたことはなかった。

ファン　儀式や呪文ではどんな契約を交わしていたのですか？

パウロ　何も。私たちはすべての力を持っていたわけだから。悪魔の偉大なるゲームはコカインのそれと同じで、自分には絶大な力があると人に信じ込ませる。だから、私はコカインのエネルギーと悪魔を同一視しているんだ。コカインも同じように権力や支配、絶対の安心感を与えてくれるから。でも、それは見せかけであって、実際には奴隷にされてしまっているんだよ。

ファン　先程の体験に戻りますが、それはどのように終わったのですか？

パウロ　最終的には聖書を手にした時点で収まったよ。土曜日の午前十時頃だった。無造作に聖書のページを開いたら、キリストがある人に「信じる者にはどんなことでもできるのです」と諭し、その人が「信じます。不信仰な私をお助けください」と告白する福音書の場面が飛び出してね。その一節を読んで私は誓いを立てたんだ。それから少しあとに麻薬に関してもすることになるんだけど。「このセクトとの関係は永久に終わらせます」とね。そう誓ったとたん、黒い物体はすべて消滅した。その後、秘密結社の他のメンバーと話したら、皆が皆同じ体験をしていたよ。

ファン　セクトから抜け出すのに、どんなことをしたのですか？

パウロ　まず、グルの一人に相談しに行ったら、あの体験はイニシエーションの儀式だと言われた。私は彼に言ったよ。「そんなことはどうでもいい。今後一切、私はそれらのこととは無関係だ」とね。私の師はその場にいなかったので仕方なく電報で伝えた。この電報を送るのがまた厄介でね。独裁政権の真っ只中で全部検閲されていたから。とにかくその秘密結社の記録のなかには私に関するデータがたくさんあったわけだし、さらに悪いことに手紙や記事も山ほど保管されていたから、最悪の事態も覚悟していたよ。

ファン　足抜けしたことで迫害されませんでしたか？

パウロ　そんなことまったくなかったよ。でも、今はそのことについては話したくないな。すでに零時を回っているから、またの機会にということで……彼らが私にしてきたのは、臆病者、愚か者、自分が何を失うかわかっているのかと言葉で圧力をかけてきたぐらいだ。追い回されたことはない。だからよくテレビの番組なんかで、セクトが脱退したメンバーを死ぬまで追いかけるというのがあるけれど、それは信じられないね。

ファン　そのようなことをしているセクトもあるようですが。

パウロ　真のセクトはそこに所属していること自体が一種の特権だから、抜けたところで何も起こりはしない。少なくとも私を追い回すことは一度もなかったよ。だからこそ既存の秘密結社のなかで最も危険で非情なものの一つだったとも言えるけどね。

ファン でも、それほど恐ろしい黒魔術の体験をしたにもかかわらず、あなたは今でも自分を魔術師だと思っている。そのことが、あなたの有名作家としてのイメージに何らかの形で影を落とすことになるとは思いませんか?

パウロ それはない。私は魔術師であるということをもっと別の形で考えている。つまり、少なくとも潜在的にはすべての人が持っている力だとね。魔術師であるとはすなわち常識的にあまり認められない認識能力を伸ばすこと。魔術師とは、一般人だけどものごとの表面を超えたところに違う現実や異なる動き、別の流れがあることに気がついている人のことだ。

ものごとの外見の下に隠されたそのものが有する秘密の言語は、目には見えないが愛のようにとてもリアルなものだ。でも、それに触れることはできない。

ファン 魔術の次元を隠された力と考えていますか?

パウロ まったく逆だよ。真の魔術師とはキリストが言っているように、何も隠されることがないように闘わなければならない者だから。魔術師の役目は権力者が人々から隠そうとするものを明らかにすること、人々の意志を支配するために、破滅に向かわせるだけの偽りの権力を約束し、秘密を弄ぶ偽善者たちの正体を暴くことだ。

ファン、今この社会には他の人々を支配するために秘密を悪用する者が多すぎる。より大きな権力を持つ者が大量の情報をコントロールしているんだよ。以前、確か劇場で観た戯曲に、ある国で革命が起こり、その後文化大臣に任命された男は検閲をしていた張本人だったという皮肉な話があってね。つまりすべてを把握し、すべてをコントロールしていたのが彼だったからだ。真の魔術師は、自分たちが何でも知っていると言い張る集団に支配されることはない。その集団は世界の知識をことごとく占有していると思い込んでいるからね。

ファン　とは言っても、パウロ、多くの人々が魔術に恐怖を抱いているのは確かですよ。

パウロ　無理もないよ。魔術はとても危険なものにもなり得るからね。使用する目的次第という点では、核エネルギーのようなものとも言えるだろう。核エネルギーで原子爆弾を作ることも可能だし、電気を起こすこともできる。だからすべての核エネルギーが良いものだと言えないように、すべての魔術が良いものだとも言えない。見極める能力が大切だ。

ファン　まだ答えをいただいていない質問が一つありました。悪魔の人格化を信じていますか？

パウロ　人工的に作られた悪霊の人格化は信じている。

ファン　それはどういう意味ですか？

パウロ　神の左腕の悪魔というのが一つ、それからもう一つは集合的無意識によって人格化されたもの。たとえば、言葉って何のこと？　思考の人格化だろう。人は愛という言葉を発することで愛を人格化するからね。同様に、悪魔を呼び起こせば悪霊が人格化される。だが、明かりをつけさえすれば、この悪魔を破壊することは可能だ。人が与える以上の力は持っていないからね。

ファン　でも、あなたはその目で人格化した悪魔を見たわけですよね。

パウロ　それは、かつて自分が悪魔に力を与えたからであって、私がそれを拒否した今、悪魔に私を支配する力はない。

さて、ファン。そろそろ別のテーマについて話そうよ……。

第7章　麻薬

《宣伝文句にあるように、麻薬は恐怖というのは真実ではない。麻薬が悪なのは、それが素晴らしいものだからだ》
《コカインは悪魔の麻薬だ。なぜなら人に、絶大なる権力を握ったと錯覚させるからだ》

コエーリョの友人たちの何人かは、この作家の過去の痛々しい思い出の一つである麻薬体験を隠そうとした。あるいは彼の人生における一時的な、取るに足らないものとし、過小評価しようとした。コエーリョはこれには同意していない。みずからを死の淵まで追いやった過去の暗部を隠したくないからだ。彼のその姿勢は、このインタビュー中で自分の体験を驚くほど素直に語っていることからもよくわかる。よほど痛い目に遭ったと見え、今日この分野に関しては保守的な立場を取り、麻薬の合法化には反対している。しかし一方で、麻薬撲滅政策の広報の仕方についても批判している。それというのも、若者に麻薬は恐怖だと伝えることは、一種のまやかしだと思っているからだ。コエーリョは、それは事実ではなく誤魔化しだと主張する。逆に麻薬が魅力的だからこそ、きっぱりとやめるのが困難で、非常に危険なのだと。そして、若者たちは麻薬が引き起こす快楽によって判断能力を失い、しまいには廃人に至らしめるという事実を知るべきだと。

ファン　あなたが完全に麻薬をやめるに至った理由は何だったのでしょうか？

パウロ　麻薬というのは即日やめられるものではないからね。私の場合は徐々にやめていった。私の人生のなかでも厳しかった時期、一九七〇年代のことだ。より強い、危険なものも含めたありとあらゆるタイプの麻薬や幻覚剤に手を出し、限界まで明け暮れていたよ。そして、さまざまな理由でそれらの麻薬をやめていった。

ファン　なぜ、現在の麻薬撲滅の広報に対し、そんなに反対しているのですか？

パウロ　ばかげたことをやっているからだよ。麻薬の分野だけではなく、タバコでもね。意味もなく、麻薬やタバコがあたかも恐ろしいもの、良くないものだと吹聴しているところがいただけないね。だから余計にすべての世代を麻薬の世界に放り込んでしまっているのではないか、と私は思っている。

ファン　それはどうして？

パウロ　若者の心を麻薬に惹きつけるには、麻薬は悪いものだと言うだけで十分だからさ。私は反逆のパワーはとても大事だと思うよ。なぜなら、それを抜きには生きてゆけないし、それに若い頃というのは根本的にも生理的にも周囲に反抗するものだからね。

ファン　では、あなたはなぜ麻薬の世界に入ったのですか？

パウロ　まさに反抗心からさ。禁止されていたから、禁じられているものすべてに魅せられていたわけだ。私や一九六八年の若者にとって、それが親の世代に反論する一つの形でね。さまざまなやり方で反抗していたが、その一つが麻薬だったわけだ。私はつねに中途半端な態度を嫌う極端な人間だったし、ありがたいことにいまだにそうあり続けているよ。だから聖書の一節「熱いか冷たいかはっきりしなさい。生ぬるければ、私はあなたを吐き出そう」が好きなんだ。

私が光の戦士として闘いを交えるのが好きなことは前にも話したが、それゆえ、私には調和のとれた世界を想像するのがとても難しい。私にとって太陽はその象徴なんだ。なぜなら太陽は生命であり、私たちを照らしてくれるけど、実際はちっとも調和のとれたものではなく、原子の大爆発なわけだから、近づけば死んでしまう。

ファン　では、禁じられていたから、社会の束縛に対する反論の方法と考えていたから、反逆のために麻薬に染まっていったということですね。でも、どうしてやめてしまったのですか？

パウロ　さっきも言ったように、さまざまな要因でやめたんだ。第一に恐怖心から。われながら驚くほど度を超えていたよ。コカイン、幻覚剤、ＬＳＤ、ペヨーテ、メスカリンのほか、もっと強い薬品にも手を出したからね。だから強いものから順番にやめていって、最後にコカインとマリファナが残った。とはいえ、今ではコカインが最悪だと思っている。あれはサタンのエネルギーだ。絶大な権力を握ったと錯覚させ、判断力を奪って破滅させる。

ファン　しかし、当時はそのことに気がついていなかった。

パウロ　まったくね。ひっきりなしにコカインをやっていたが、別段何ともなかったから。友人たちと一緒になってやっていたが、不思議なことに私には大きな影響はなかったんだ。だから素晴らしいものだと感じていたよ。まるで自分が巨大な力を得たような、強靭な肉体と快楽を手に入れたような気がしてね。

ファン　ところが、コカインによる恐ろしい妄想症に悩まされた。

パウロ　そう。三度目の監獄から出て、有名歌手ハウル・セイシャスとニューヨークに行こうと決心した時だった。私の妄想症はとても重症で、とてもリオデジャネイロで暮らしていかれる状態ではなかった。通りに出れば、誰かに尾行されていると感じ、電話で話せば、誰かに盗聴されていると感じてね。一九七四年のワールドカップの最中だったのを覚えている。ちょうどブラジルとユーゴスラビアの試合があって、その時なら何の問題もなく外に出られると思ったんだ。おそらくその時間には軍の連中をはじめ皆が試合に夢中になっているだろうから、通りは空っぽで誰も追ってこないだろうと考えた。「今日去るか、あるいは一生出られないかどちらかだ」。そんなふうに考えるほど、恐怖で震え上がっていた。

ファン　そして出国したのですね。

パウロ　そう。通りが閑散としていたのを覚えている。街角を見ては「もし誰かが追ってきても、これならすぐにわかるだろう」と思ったよ。私の妄想症はそれほどまでにひどく、そんな状態ではとても生活していけないというところまで来ていたんだ。そこでアメリカへ行く決心をした。すべてを捨て、友人たちから離れてね。彼らに対しては後ろめたさを感じていたが。ハウルは私のとった行動を完全に理解してくれたよ。もし自分も妄想症に苦しんだら同様の行動をとっていただろうと考えてね。でも、最終的には彼にも伝染してしまい、二人ともニューヨークへ行くことに決め、ブラジルをあとにした。

ファン　しかし、ニューヨークでも麻薬をやり続けていたのですよね。

パウロ　そうなんだ。当時コカインは流行りだったからね。もっとも、私には相変わらず大した効き目はなかったよ。妄想症と絶大な権力の感覚を同時に引き起こす以外にはね。

（この時、コエーリョはある人物の名を口にしたが、名前は公表せずにその人の麻薬体験だけを語らせてほしいと頼んだ。私が出版前に原稿をチェックしてもらうつもりだから心配しないでと答えると、彼は言った。「見直しなんかしたくない。本として出版されてから読むよ。私が今しているのはあなたを完全に信頼し、すべてを任せるという行為なんだから、読み直したりはしないよ」。そして、彼はその言葉どおりにしてくれた）

ファン　そうすると、あらゆるタイプの麻薬の危険性を体験したのはニューヨークで？

パウロ　ああ、今でもその頃のことは完璧に覚えている。それは当時アメリカ大統領だったニクソンが辞任した日、八月八日だった。ニューヨークに一人ガールフレンドがいて、グリニッジ・ビレッジに部屋を借りて二人でコカインをさんざんやりまくっていたんだけど、コカインをやり始めてから一年経ったこの日、初めてこの麻薬の力のすべてがわかったんだ。だから、私は麻薬撲滅の宣伝文句は間違っていると言っているんだよ。コカインは悪だ。驚くほどの効力をもたらすからね。その日、とてつもなく強い麻薬をやって過ごした。ニクソン大統領の辞任を見て、タイムズスクエアへ行き、そこからディスコへ繰り出した。

ファン　自分に何かが起こっていると自覚したのはいつですか？

パウロ　ディスコから戻ってからだ。不思議にもその時はセックスしなかった。とにかく、一睡もせずに朝九時に帰宅したら、ガールフレンドが全裸でベッドの上に寝ていた。その瞬間、啓示を受けてね。

「こんな形でコカインを続けていたら、自分は破滅するだろう」。窓の外を見ると通りは空っぽだったよ。具体的には何だったのかわからないが、自分が死への道を進み始めているというとても強烈な感覚だった。それまでの私は何の心配もしていなかった。それというのも、友人たちが破滅してゆくのを見てはいたが、自分にはそれほど効き目はなかったからね。ところがその日は、麻薬をやめなければ彼らと同じ道を辿ってしまうだろうと……。

ファン　そして、やめると決意したのですね。

パウロ　そう。その時、素っ裸でベッドに横たわるガールフレンドを前に、誓いを立てた。私の人生で滅多にしないことだ。「今日を最後に、二度とコカインはしない」と心のなかで呟いてね。だけどね、ファン。麻薬に関しては「二度としない」と約束するのはとても難しいことなんだ。

ファン　それからは、誓いを忠実に守ったのですね。

パウロ　今日までね。当面のあいだ、マリファナだけは続けていたが、永久にコカインをやめるという誓いは守り続けたよ。タバコに関してはこのような誓いを立てたことはなく、体に良くないことはわかってはいるが、今でも吸い続けている。だけど、麻薬に関してはもう何もやっていない。だからニクソンが辞任した一九七四年八月八日は、私の未来にとって、とても重要な日だったと言っているんだ。

ファン　でも、マリファナも最終的にはやめたわけですよね。

パウロ　そう、その時はクリスチーナと一緒にアムステルダムにいた。いつも同じ感覚を引き起こすだけで基本的に何もならない、続ける価値もないからやめたほうがいいと気づいてね。そしてそれ以来、一九八二年からパウロ・コエーリョはいかなる麻薬もまったくやっていない。

ファン なぜ、今の若者も同じ形で麻薬を追い続けていると考えるのですか?

パウロ もちろん他の動機もあるかもしれないが、きっと私たちと同じだろうと思うから。大人たちが麻薬のことを何やら恐ろしいものだと指摘しているからだ。その後、マリファナを吸って、別に恐ろしくはないと気づき、セックスにも良いとさえ考えるようになる。

ファン それでは、本当は若者たちにどう言うべきなのでしょうか?

パウロ 素晴らしい効力があるから危険なんだよと。自分では気がつかないうちに意志を失い、少しずつ破滅していき、他人の意のままに動く奴隷と化して、最終的には何の判断能力もない人間になってしまうからと。だから、コカインは悪魔の麻薬だと私は言っているんだ。それは絶大なる罠で最大のまやかしだから。私とともに軍警察に誘拐され、拷問を受けた名もなき妻と、かつて暮らしていた頃のことを思い出すよ。当時はあらゆる麻薬が効いている状態で二十四時間生活していたから。二人ともおかしくなっていてね。スーツケースに麻薬を詰めて、監獄送りになる危険を冒してアメリカへ旅行した。完全にいかれていたから、どうでもよかったのさ。

もしあのまま続けていたら、どうなっていたか想像もつかない。恐らく廃人になってしまった友人たちのように……。

さっきから口を酸っぱくしてコカインがとても危険な悪魔の麻薬だと言っているのはね、麻薬反対を若者に訴えている人たちのなかに、大きな偽善と無責任さがあるからなんだ。なぜなら、彼らは一度だって麻薬を試したことがない。だから、原因についての知識もなく、ただやみくもに反対しているだけなんだよ。

（ここで、クリスチーナが「こんな麻薬反対の広告を見たことがある」と言って会話に参加してきた。それは、吸引した麻薬が人間の鼻の穴からトカゲのような物体となって入り込み、脳を貪り尽くすというかなりショッキングな映像だったらしい。以前イギリスで見た、麻薬常習者たちになるべくやりすぎないよう助言している広告に比べてずっとインパクトがあって効果的だという）

パウロ　それはグッド・アイデアだ。広告会社に勤務している友人に教えてあげなければ。何よりもしてはならないのは、若者を欺くことだ。今の広告は、麻薬使用にブレーキをかけるというよりも、かえって促進させているのではと私は思っている。

ファン　人前で意見を求められたら、この件に関しては何と答えますか？

パウロ　私はいつも反対の立場をとっている。なぜなら、私は身をもって麻薬の危険性を体験しているからね。自分でもずいぶん保守的だなと感心するほど、強く反対の立場をとっていて、麻薬の合法化にも賛成ではない。若者が麻薬に惹かれるのは禁じられているからだと言ったばかりなのに、矛盾していると思われるかもしれないがね。いずれにしても、自分自身の辛い体験から言わせてもらえば、今後も禁止され続けることを願うよ。

第8章　改心

《あの強制収容所の鐘は、私のために鳴っていた》

若き日の無謀な行為の数々をやめ、パウロ・コエーリョはクリスチーナとともに新しい精神的な道を求めて旅に出た。そしてその旅路で最も想像を絶する場所、ダッハウのナチス強制収容所に立ち寄り、そこで彼を決定的に立ち直らせ、再びカトリシズムへと向かわせることになる非常に強い精神体験をする。それはほぼ二十年の歳月を経た今もなお、彼にとってよほど強烈なものらしく、明け方近くになってその体験を語り始めたコエーリョは、感情を抑えきれなくなって急に泣き出し、録音を中断しなければならなかった。

………………………

ファン　ようやく誠実で良識ある人間になろうと決意されたのは三十四歳の時だったとか。

パウロ　そう。それまでの人生で私はあまりに多くのばかげたことをしでかしてしまった。名もなき妻と呼んでいる、一緒に軍警察で拷問を受け、私が臆病な態度をとってしまった女性のことは以前にも話したが、彼女はとっくに私から離れていったあとで、三度目の結婚相手セシリアともすでに関係は終わっていた。その後、一九七九年にクリスチーナと出会って結婚したんだ。ある日、働いていたポリグラムレコードを突然解雇されたが、経済的には何の心配もなかった。マンションを五つ所有していたし、銀行には当時の額で一万七千ドルの預金があったからね。自制心を失っているあいだに、自分の人生から完全に遠ざかってしまっていた何かに対し、好奇心が芽生えつつあった。

ファン　そして、また旅に出たのですね。

パウロ　そのとおり。自分の人生にはちっとも満足していなくて、それでクリスチーナに言ったんだ。「ねえ、私は今、三十四歳だ。きっとあっというまに年老いてしまうだろう。だから充実した人生を送りたいんだ。世界中を旅して回ろう。そして人生の意義を見つけよう。若い頃に行ったことのある場所を再び訪れて」。こうして大いなる旅を開始したんだ。

ファン　どこを訪問されたのですか？

パウロ　ドイツをはじめ、いろんな国に行ったよ。クリスチーナの姉夫婦が当時ドイツに住んでいてね。つい今しがたあなたが会った姪のパウラ、あの子が生まれたばかりだった。共産圏の国々も訪れたよ。社会主義思想を持ち続けていたこともあって、それらの国の現実をこの目で見たかったんだ。ユーゴスラビアのインド大使館で車を一台購入して、そこからドイツまで戻った。本来、自動車の売買はできないことになっていたんだけど、私たちはメルセデス・ベンツを千ドルで買った。完璧で素晴らしい車だったが、外交官ナンバーだったので、ドイツに着いてすぐナンバープレートを替えたよ。それで万事ＯＫさ。冒険に満ちた素晴らしい旅だった。義姉夫婦の住まいはボンだったが、私たちはしばらくミュンヘンに滞在した。私は第二次世界大戦について、ずっと強い関心を抱いていたものでね。

ファン 強制収容所跡の一つを訪れたのはドイツでしたね。

パウロ そう。それまで一度もその手の施設跡というものを見たことがなかったから、行ってみたくてたまらなかったんだ。私たちはダッハウ収容所を訪問先に選んだ。あなたもあそこを訪れたことがあるようだから、詳しく説明する必要はないね。日曜日で、なぜだかわからないが、ミサに行ったのを覚えている。それからダッハウに到着して。車を停めたが人っ子一人いなかったよ。二月の日曜日で気温は摂氏0度、凍てつく風が頬を突き刺していた。博物館のなかにも誰もいなくてね。警備員すら見当たらない。そして内部を見学したのだが、それは私の心の深い深いところを強く叩きはじめたんだ。

ファン 実際、それらの強制収容所跡に初めて足を踏み入れた際には、誰しも血が凍りつくように感じるそうですよ。私もポーランド・アウシュビッツで〝死の部屋〟に入った時のことを今でも思い出しますし、あの衝撃は一生忘れられないでしょう。

パウロ 私はそれまで映画のシーンでしか見たことがなかったんだが、実際の光景はそれとは比較にならないほど、より痛切で身の毛もよだつものだった。その収容所で命を落とした人々の家族のサロンがあってね、個人的には印象深かったよ。収容所は過去のものだけど、そこは現在だからね。その後、収容所の監視小屋と小さな仮収容施設を見学したが、見るも無残なものだったよ。そこを出ると、左手には対照的にあふれんばかりの草木が生い茂り、川が流れ、古い焼却炉が立ち並んでいた。

ファン 私にはとても焼却炉に入る勇気はありませんでした。人間性の堕落した、由々しき行為だと思います。

パウロ　私は「こんな残虐なことがあるか！」と叫び続けた。すると私の想像力が機能し出してね。当時その場でいったいどんなことがおこなわれていたかを知るために、浴室の一つに一人きりで閉じこもったんだ。内部にはまったく対照的に、明るく美しく朝の陽光が射し込んでいたよ。

ファン　今おっしゃったそれらの強制収容所でのコントラストにはぞっとさせられますね。私はアウシュビッツで見た、あの恐怖の時代に水が流れ出ていたであろう一本の水道管の脇に、可憐な野生の花が咲いていた光景が目に焼きついて離れません。おそらくぽたぽたと垂れたしずくによって育ったのでしょうが。

パウロ　浴室から出たのはちょうど十二時になる頃でね。クリスチーナと私は自動車を停めておいたガードマンの詰所のほうへと向かった。覚えているかな、ダッハウの見学路のおしまいには三つの礼拝堂があってね。一つはカトリックの、もう一つはユダヤの、そしてもう一つはたぶんプロテスタントのだったと思う。私たちはカトリック礼拝堂に寄って蠟燭を灯し、そこからかなり離れた駐車場へと戻った。結構長い距離を歩かなければならなくて、しかもひどい寒さでね。

そして、歩いているあいだに正午を知らせる鐘が鳴り出したんだ。

ファン　それは強制収容所であの時代、捕虜たちを集めるために鳴っていた鐘とまったく同じものだったのですね。

パウロ　まさにそのとおりだ。そして私の空想ははるか彼方へと飛んでいた。作家として、その場の状況をイメージするのが習慣になっていたものでね、当時、捕虜たちが詰め込まれていた仮収容施設を想像し、人間の非道な行為に思いを馳せた。恐ろしい印象を少しでも軽減するために黙々と歩き続けていたんだが、ある瞬間立ち止まり、ガードマン小屋の屋根に〝ノー・モア〟の文字を認めたんだ。それを目にして一時的に落ち着きを取り戻したよ。もう二度とあんなことは起こらないだろう、だって人間があんな残忍な行為を繰り返すはずがないからと思ってね。

ファン　しかし、不幸にもそうではなかった。

パウロ　程なくはたと気づいたよ。あのような過ちが繰り返されることはないという考えは正しくない。実際、すでに新たな過ちが起こっているじゃないかと。何しろ私自身、人間が人間を拷問し、相手を自己防衛できない状態にしてより屈辱的な行為で服従させる恐怖を肌身に感じたわけだから。私は当時世界各地でおこなわれていた〝汚い戦争〟を彷彿した。ちょうどその頃エルサルバドルで虐殺された大勢の人々のことを思った。アルゼンチンで〝五月広場の母たち〟が被っている恐怖や、上空を飛行中の飛行機から軍人たちが無実の人々を放り落とすシーンを脳裏に描き、チェコの独裁政権下で犯されたさまざまな残虐行為を思い出したよ。

ファン　そこで人間は相変わらず狂っていて、浅ましいままだということに気づいた。

パウロ　にわかに絶望と無力感にさいなまれ、とてつもなくすさまじい虚しさを感じた。「ろくでもない人間どもは何も学んでないよ。同じ残虐行為を繰り返すようにできているんだろうか。一九四五年にドイツで起こったことが、現在、私の暮らすアメリカ大陸で再現されているんだから」と。その一方で、人間が過去の教訓から何も学ばないということはあり得ないだろうとも考えていた。すると脳裏に、まるで一冊の本を読んでいるかのように、ある作家が述べていた言葉が繰り返されたんだ。「誰一人として一つの島ではない……」。いったいどこで読んだフレーズだろう？　と自問したよ。「一人の人間は一つの島ではない……」。何の本に載っていたものかな？……だが、次第に他の部分も思い出されたんだ。「ヨーロッパが土地の一部を失う時、一人の人間が死ぬ時、皆が死ぬのだ」。いったい誰が書いた文章だ？　と訝しく思っていたら、やがてすべての記憶が甦り、最後の一文が響いた。「誰のために鐘が鳴るかは訊かないでくれ。鐘はあなたのために鳴っているのだから」。ふとわれに返ると、私は鐘の鳴り響く強制収容所のなかに立ち尽くしている自分に気づいた。それは大きな感動の瞬間だったよ。天啓を受けたかのように瞬時に理解したんだから。あの鐘は私のために鳴っているんだって。

（ここで私は録音を中断しなければならなかった。と言うのも、パウロ・コエーリョが突然泣き出したからだ。まもなく深刻さを拭い去ろうとしてか、彼は謝りながら呟いた。「ちょっと飲みすぎたらしい」）

パウロ　でもね、ファン。それは単なる象徴的な行為ではなかったんだ。鐘が私のために鳴っているのだと気づき、同時に、過去のばかげた行為から学ぶことのない、このような人間の持つ残虐性を抑えるため、自分はこの人生で何かすべきだと考え出したその瞬間、誰かの声が聞こえ、その人物の顔を見たのだが、目にしたとたん消えてしまった。声をかける暇すらなかったよ。あっというまの出来事だったから。しかし、その容貌は私の目に完全に焼きついていた。

ファン　それからどうしたのですか？

パウロ　車に戻ってクリスチーナにその話をして、泣いたよ。でも、人間の一般的な傾向とでも言うか、私もご多分に漏れず、翌日にはすっかり忘れてしまっていた。誰のために鐘が鳴っていたのかも忘れ、人生経験の一つぐらいにしか思っていなかった。

ファン しかし、そうではなかった。

パウロ ああ。それから二カ月が過ぎ、私たちはまだ旅の途中でね。アムステルダムにいて、今はなき、無認可だけど格安で素敵なホテルに宿泊することにしたんだ。私がマリファナをやめると宣言し、クリスチーナが最初で最後のLSDをやったのはそこでのことだった。ホテルの下の階はバーになっていて、私たちはコーヒーを飲んでいた。すると、いいかい、ちょうどその時、一人の男性客が入店してきたんだ。私はクリスチーナにささやいたよ。「あの人とは前に会ったことがある。よくは覚えていないけど」。すぐに強制収容所で見た人物だと気がついたよ。でも私は怖かったんだ。それというのも、一九七四年に黒魔術の世界から抜けたのが原因で私を追っているのではないかと考えたからだ。だけど、同時に好奇心も覚えてね。今近づかないとその男は去ってしまい、もう二度と会えないと思った。

ファン そして、その人物に接近した。

パウロ そう。席を立って彼に声をかけたんだ。「二カ月前にお会いしましたね」って。彼は私を見て英語で答えたよ。「そんなわけがない。あなたはおかしいんじゃないか?」「いえ、そんな、私は狂ってなんかいません。確かに二カ月前あなたを見ているんです」。急に強制収容所での体験が全部甦ってきて。それと同時に信じてもいなかったはずなのに、脱退した人間をセクトが追い回すという噂が頭に浮かんできて、私はすっかり取り乱してしまってね。彼は「まあ、そこにお掛けなさい!」と言うと、いろいろと質問してきたよ。その間、私は徐々に、この人はやはりあの収容所での出来事と何か関係がある、あそこで幻のように現れた人物だと確信したんだ。

ファアン　その方はあなたにどんなことを話したのですか?

パウロ　まずはこう言ったよ。「いいかい。君は確かに私を見たかもしれないが、それは〝アストラル投射〟と呼ばれる現象だよ。なぜなら君が以前、私に会っているわけがないのだから。幻覚剤をやっている時にはありがちなことだよ」。それでも私は彼が去ってしまわないよう、あれこれ言い訳をしたよ。だって内心、これは私の人生における重要人物だと感じていたからね。彼はアストラル投射だと言い張ったが、しまいにこう言ったんだ。「君はどうやら未解決の問題をいくつか抱えているようだね。もし君が望むなら助けよう。私はある多国籍企業で働いていて、ジーンという名だ。望みとあらば手助けするが、それには君自身が本心から助けてほしいと頼む必要がある」。ちょっと考えさせてくれと答えると、「この時間帯には大抵ここでコーヒーを飲んでいるから、明日返事してくれ。もしそれ以降になるようなら、私の助けは必要ないと見なそう」と言ったんだ。「考える猶予は二十四時間あるからね」

その時私は何が何だかわからない状態でね。彼が善か悪かも判断できなかった。クリスチーナにいきさつを話し、一晩中眠れなかったよ。完全に混乱していたんだ。

ファアン　最終的にはどう決断されたのですか?

パウロ　彼に従うことにしたよ。そしてそこからカトリック教会へと回帰する新しい段階が始まったんだ。その人物は五百年以上の歴史を持つカトリック教団ＲＡＭ（＝**Regnum** 厳格・**Agnum** 愛・**Mundi** 慈悲）に所属していて、私に教団のすべての伝統と、いまだに教会内に存在している象徴について語ってくれた。彼はバチカンに長く住んでいたらしい。以来、私はこの古いカトリックの伝統、蛇の伝承に興味を持つようになり、のちにノルウェーへと導かれて、そこでこの、今も指にはめている双頭の蛇の指輪を授けられたんだ。それから、キリスト教の秘教ではなく、キリスト教の象徴解釈学である象徴的言語を学び始めたんだよ。

ファン　カトリック教会はその教団を受け入れているのでしょうか?

パウロ　それはとても古い伝統を持っていてね。

（ちょうどその時、クリスチーナがわれわれの囲んでいたキッチンテーブルの下に小さな鳥の羽根を見つけ、拾ってコエーリョに渡した。「何ですか?」「白い鳥の羽根だ」。コエーリョは感激しながら妻に礼を言うと、彼にとって、突然予期しない場所に羽根が現れるのは、新しい本が生まれようとしている前兆なのだと説明してくれた。その頃、われわれはインタビューの終盤に差しかかっていた）

ファン　ＲＡＭ教団への入信によってあなたはカトリシズムに復帰したということですが、それはほとんど名が知られていない教団ですよね。メンバーは多いのですか?

パウロ　この教団の信仰を守り実践している私たち自身が、みずからの体験を語ることは滅多にないからさ。これはカトリック教会の内部に五世紀以上も前に創立された教団でね。象徴的な言語が口承伝承で受け継がれているんだ。でも、何も隠しだてすることはないよ。ＲＡＭは神聖なものの理論ではなく実践を重視するものだから。それゆえに、非常に小さなグループで、事実、私のほかにはたった四人の信奉者しかいないんだよ。

第9章　作家

《私の創作活動のプロセスは、妊娠した女性が新たな生命を生み出すのと似ている》
《インスピレーションを得るためには、人生とセックスする必要がある》
《私は誰もが心に秘めている内なる子のために書いているんだ》

確かに長年、パウロ・コエーリョは思いのままに雨を降らせるといった並外れた能力を持つ魔術師として特に知られていたが、今日では、作家としての彼の能力が彼にとって最重要の次元であることは言うまでもない。ところがまさにこの文学の次元において、多くの批評家たちが彼の作品を文学とは認めず、むしろニューエイジや秘教のジャンルに分類されるものと見なしている。これに対してコエーリョは、広く大衆に訴えるためシンプルな言葉で書き表す権利を主張する。彼は自身を物語の語り手と考え、自著が書店の文学ないし哲学の棚に置かれるべきだと考えている。また彼の作品に文法上の誤りがあると非難する者に対しては皮肉を込めて、セルバンテスの『ドン・キホーテ』ですら多くの誤りが指摘されたではないかと答える。しかし、彼が世界の十大ベストセラー作家の一人に数えられ、驚くべきことにその著書はすべて近年に出版されたもので、わずか十二作ほどにもかかわらず一九九八年九月の時点ですでに二千二百万部を突破しているという事実は、誰にも否定できない。たった数年のあいだにコエーリョはジョルジ・アマードが生涯に売った数よりも多くの本を完売したことになる。この章で彼は、作家としての創作プロセスを語ってくれたが、作品を書くためには人生とセックスする必要があると断言している。

ファン　なぜ、小説を書く必要性を感じるのですか？

パウロ　人が個人的な愛情を分かち合う唯一の方法は労働を通じてだと思っているからさ。タクシードライバーの労働が車の運転であるように、私の労働は作品を書くことだから。

ファン　誰かに執筆を強いられていると感じたことはありますか？　それとも自分自身でそれを選んだのでしょうか？

パウロ　私自身が選んだものだし、その上、ずっと夢見てきたことだ。いつだって作家になることを目指していた。つまずきながら、何度も間違いを犯したが、つねに私のモットーだった意志の力が打ち勝ったんだ。

ファン　あなたはよく、書くためにはエネルギーの中心と繋がる必要があると言っていますが、それはいったいどういうことですか？

パウロ　私の好きな錬金術の用語を使って言い表すなら、宇宙の魂あるいはユングの集合的無意識。つまり、すべてのものが存在する空間と繋がるということだ。

ファン　そのことに関しては、ボルヘスが頻繁に口にしていますね。

パウロ　ボルヘスはそれをアレフと呼んでいる。つまり、すべてのものが存在する場だ。アレフとはユダヤのカバラの言葉で、アルファベットの最初の文字だ。ずばり『アレフ』と名づけられたボルヘスの物語のなかでは、すべてのものを同時に見渡せる場所でね。階段を下りていた一人の男が足を滑らせて転げ落ち、図らずもその、すべてが同時に存在する場、すべての人々、すべてのジャングル、川、宇宙……などを一緒くたに見渡せる空間へと入り込んでしまうんだ。

ファン　その空間というのが、執筆中に感じるものなのですか？

パウロ　文章を書いているあいだというのは、時として疲れを覚え、惰性になっていると感じるものでね。しかし、なぜだかわからずに、喜びをもたらしてくれる何か、エネルギーの源のようなものと繋がる瞬間があって、そうなると時間が急速に流れるようになる。それが、個人が他者と繋がる創造的な瞬間だと思うんだ。

私はね、人生にはこの大変重要な象徴的性質があると考えている。なぜなら、私たち自身が象徴であって、単なる人類ではないのだから。

ファン　あなたは水の象徴がとても好きなようですね。

パウロ　それはたぶん、仕事やその合間に、いつも目の前に広がる素晴らしい大西洋とコパカバーナの壮麗な海岸を眺めているからだろう。水は最も象徴的な物質の一つで、生命と創造の基本となる要素の一つだ。それに海には波が作り出す衝突の瞬間があるだろう。それは海と陸を隔てる瞬間でもあるからね。そしてその場所は、ある時は穏やかに、ある時は荒々しく、そして時には壊滅的な状態となる。まさに創造の場なんだ。

私はものごとの神秘に大きな敬意を払っていてね。確かに起こってはいるが、なぜなのかはわからないものごとが存在することを知っている。だからこそ神秘の不明瞭な部分は尊重すべきなんだ。

ファン　時には書き始めたのを後悔し、途中でやめて破り捨てることもありますよね。

パウロ　あるある。書き出した頃はうまくいっているかどうかわからない。何てったって自分のために書いているんだもの。最初の読者は私自身だからね。かつては出版する前に、他の人々に原稿を読んでもらっていたが、今はしていない。全責任を自分で負っているよ。だから執筆途中でどうもうまくいかないと感じたら、破棄するようにしている。先日もジプシーをテーマにした作品を書き始めてそれが起こってね。ある程度まで書いた時点で断念したよ。

ファン　でも、どうやって書いているものがうまくいっていないと気づくのですか？

パウロ　どこか誠実でない、自然に流れていないと気がつくからだよ。自分のなかでそれを感じるんだ。

ファン　テーマはどのように選んでいるのですか？

パウロ　私は政治的に社会参加している作家で、私の大いなる探求はいつだってスピリチュアルなものだった。だから、私の本にはつねにその時代の社会問題が表れている。以前は、質問されたことに全部答えられると思い込んでいた時期もあったが、今となってはそれが不可能である上にばかげたことだと気づいている。そりゃあ師やグルたちが講じる説明はすべてのことに答えているかもしれないが、それは自分のやり方ではないと思っている。事実、私たちは神秘であると同時に確信の持てるただ一つの存在であり、自分自身の最良のものを与えていかなければならない。そしてそれは自分が喜びを感じている瞬間にあるんだ。自分の人生で素直に振る舞わなければ、たとえそれがわずかな時間だったとしても、自分自身を欺き、他人をも欺くことになってしまう。なぜなら悪の帝国もまた、その論理を持っているからさ。

ファン　新作を出版まで導く創造のプロセスは、どのようなものなのでしょうか?

パウロ　一つ、絵に描いたような例を挙げてみよう。私はつい先日、サイン会に明け暮れた日本から戻ってきたばかりなんだが、そこで鹿威し《ししおど》という装置を見てね、その仕掛けがちょうど私の文学的プロセスを彷彿させるものだったよ。それは、竹の筒に穴が空いたもので、水がどんどん溜まっていくんだ。完全にいっぱいになった瞬間、重みで竹筒が傾いて水がこぼれ、元に戻る反動で何かにぶつかって激しい音を立て、鹿を驚かせて追い払うという仕組みなんだけど、私にはそれが一つのシンボルに思えた。なぜなら、私たちも自分自身を満たし、ある瞬間に中身を他者と分かち合う必要があるからね。それを愛と呼ぶことも、あるいは人生の共有の必要性と呼ぶこともできるけど、実際、人が何かに意欲を持って取り組んでいる時というのは、分かち合う必要性に駆り立てられてやっているんだよ。

ファン　あなた自身はどのように満たしていくのですか?

パウロ　人生とセックスをしたあと、自然と満たされていくものなんだ。通常の妊娠のプロセスと同様にね。とはいえ、誰が父親なのか知る由もないけど。私はだいたい二年おきに新作を発表しているが、その間は何もせず、構想を書き留めることもしない。けれども、完全に人生に対して準備ができた状態になっているんだ。そしてある瞬間、何かが私のなかに入り込み、妊娠させる。それから程なく、書かなければと感じるんだよ。

ファン どのようにして、もうすぐ〝出産する〟とわかるのですか？

パウロ 感じ始めるからさ。怒りではなく、いらいらする感覚に近いかな。そんな時、私は思うんだ。「どうやら妊娠し、満ちてきたらしい。よし、出産の準備は完了だ」って。

ファン 言い換えれば、受け入れるために自分を開き、受け入れたあとは、内部に出現させるため、呼吸をして酸素を送り込むということですね。

パウロ それはまさに溶解と凝固に要約される典型的な錬金術の方法だよ。だからその後は溶解して凝結させなければならないんだ。心臓のメカニズムや、その他多くの自然界のメカニズムのようにね。

ファン 執筆中、何らかの規律を大切にしていますか？ それとも無秩序を好みますか？

パウロ 無秩序は好きだけど、それとこれとは別物さ。執筆に規律は必需だよ。その規律は、少年時代にイエズス会の学校で受けた教育のなかで最もプラスになったものだ。執筆以外の場面ではマイナスだけどね。パソコンの前に座って一冊の本を書く準備が整った時、私はしばしば強い怠惰の念に襲われる。だって、もう何冊も本を書いたじゃないか。すでに確固たる地位を築いた作家なのに、どうしてまだ書かねばならない？ って。もちろん、これは怠惰な気持ちの言い訳だ。執筆の開始はいつも厄介でね。ひとたび書き始めれば、流れ出すんだが、中盤に差しかかった頃も辛いね。当初の情熱が薄らいできている上に、まだ先は長いことがわかっているから。そこが多くの作家の挫折する地点だろう。

ファン 他の作家たちと同様、執筆中にこだわっていることはありますか？

パウロ それはもうたくさんある。まずは一度書き始めたら一日たりとも中断しないこと。中断すると続けられなくなるからね。時には中断しないために、旅行中、機内やホテルで書き続けることもある。

ただ今年、最新作『ベロニカは死ぬことにした』ではこの慣習を打ち破ったんだ。当初は忠実に守っていたが、一時期中断せざるを得なくなってね。幸いにもその後、書き続けることができたけど。これは規則にも例外があるという証拠なんだろう。それとは別に、私の著書はここ、ブラジル・コパカバーナの自宅で執筆しなければならないというのもある。

ファン　とは言っても、興味深いことに、あなたの作品のほとんどはスペインに着想を得たもので、いまだにブラジルが舞台になったものはありませんね。

パウロ　そのとおり。それは私の矛盾の一つだね。スペインに対する私のあこがれは、幼児期にスペイン人女性のベビーシッターの世話になったことに端を発しているんだ。以来、私の幻想はことごとくスペインに向けられていた。それでスペインを舞台にした作品が多いのかもね。だが、執筆には対象とある程度の距離が必要だから、たとえ山のような問題に囲まれていても、ここにいる必要があるのだろう。日常的な疲労を感じるためにも欠かせないし、ここにいると心から自分がブラジル人だと感じるし……だから書くためには私のブラジルが不可欠なのさ。

ファン　ブラジル人であることは、あなたにとってどんな意味があるのでしょうか？

パウロ　ブラジル原住民、アフリカ、日本、ヨーロッパの影響を併せ持ち、世界でも稀な、ありとあらゆる人種が入り混じったこの永遠の混沌のなかで生きるということさ。これらの何千というもののミックスが、私たちにブラジル人であること、魂の世界に寛容であること、そしてさまざまな象徴を通じて、基本的には音楽や踊り、詩によって表現されるすべての魔術的なものについて教えてくれた。

ファン　ヨーロッパにはもうそのような寛容さは存在していませんね。

パウロ　存在していないのではなく忘れてしまったんだよ。少し歴史を振り返ってみよう。遊牧民たちが初期の都市を作ろうと山を下りた時、誰がその場所を選んだのか？　何を根拠にそこを定住地として選択するに至ったのか？　それは論理的観点からではなく魔術的で人知を超えた観点からだったろう。その頃はまだ神が名を持っていなかった。なぜなら神は一箇所にとどまることなく、人々と一緒に巡礼し続けていた時代だからさ。多神教とさまざまな神々の名前は、都市の形成とともに生まれたものだ。

ファン　それから神殿が作られ始めた。

パウロ　人間が農業を発明し、移動し続けなくても生活できることに気づいた時、都市が形成される。そして種まきと収穫のあいだには、ゆったりとした一定期間が必要だということを理解するんだ。これぞまさしく私の作家としての精神的な旅路だよ。それは人間が性行為と妊娠の関係を理解し出した時期とも符合する。そのプロセスを理解する以前には、誰が父親かわからなかったんだから。そうやって人間は次第に、ものごとが発生し、生まれ、成長するには時間が必要だということに気づき始めるんだ。

ファン　そして神殿を中心に都市が作られた。

パウロ　初期の壁は都市を取り囲むものではなく神殿の周りに建てられ、そこに聖職者の階層制度、宗教的権力が生まれる。その頃には神も名前を持ち、祭壇が設けられ、一部の住民がそれを支配していた。そのような形で神聖なもの（権力が鎮座している神殿）と世俗的なものとのあいだに隔たりが生じ、壁の向こう側にもう一つの世界ができたんだ。

ファン　その隔たりは、現在も依然として存在していますね。

パウロ　都市の構造が変わり、交通機関や社会制度、政治体制が変化しても、神聖なものと世俗的なものの分離を象徴する壁は依然として残っている。福音書のなかでキリストが破壊した隔たりだ。彼はサマリアの女にこう言ったんだ。「人々が、神殿ではなく霊とまことによって神を礼拝する時が来ます」。そして、よきサマリア人のたとえ話で、無宗教の無神論者だったサマリア人の、道に倒れたけが人を助けた寛大な行為を褒めたたえ、聖職者で神殿の人間だったレビ人を非難する。

しかし現在、多くの人々が、人生において神秘を享受し継承していくには、この神聖なものと世俗的なものとのあいだにある隔たりを破壊する必要があると理解し始めている。壁が壊され、神聖なものが次第に世俗的なもののなかへと入り込んでいるんだ。それがブラジルで起こっていることさ。

ファン　それはまさに、われわれヨーロッパ人があなたがたブラジル人と接した時に感じる大きな違いなのです。

パウロ　その違いがどうして生じたかわかるかい？　ブラジルではね、人種と文化の混乱で祭壇の周りに壁を作る時間がなかったからだよ。バイーアにはアフリカの奴隷たちが彼ら固有の儀式とともに辿り着き、キリスト教徒たちと合流して宗教の混交が起こった。混交は必ずしも好ましいものとは言えないけど、一つの宗教が別の宗教を支配しようとするよりはずっといいだろう。神聖と世俗、現実的なものと魔術的なものを隔てる壁が作られなかったため、神秘はさまざまな環境に浸透していった。聖なるものがあらゆる世俗的なもののなかへと入り込んだ。

だからこそ、ブラジル人は聖霊に対するアレルギーがなく、魂、あるいは神秘に満ちた体験を受け入れられるんだ。ワールドカップで選手が競技場に入場する際、ブラジル代表だけが手をつないでいることに気づいているかな。あれはエネルギーを伝導するためでね。あんなことをしているのはブラジルの選手たちだけだ。ロナウドがいつも列の最後尾で片手を自由にしているのは、地面に触れ、競技場のエネルギーを受け取れるようにするためなんだ。

ファン　ということは、ブラジル人は宗教、あるいは魂の表現に対して寛容なだけではなく、それらがあらゆるレベルにおいて生活の一部となっているのですね。

パウロ　大晦日にここ、リオのコパカバーナ海岸に来ると、信じられない光景を目にすることができるよ。百万人もの人々が白い衣装を身にまとい海に花を投げるのさ。彼らは皆カトリック信者だが、実はこれは古いアフリカの儀式なんだ。つまりここではすべての信仰が共存し、神学者たちが良く理解しているように、信奉者たちも問題なく異なった宗教を調和させている。

そんなわけで、ブラジル人であるということが私の芸術的創造のプロセスに多くの影響を及ぼしていると言っているんだよ。この国では人々はとても直感的で、合理主義よりもはるかに矛盾だらけのスピリチュアルなものや魔術的なものに賭けることを恥じたりしないから。

ファン　だからこそ、ここに住むことを選んだのですね。

パウロ　ブラジル、さらに具体的に言えば、ここリオデジャネイロに暮らすことを選んだ。世界一活気ある、世界の通念に背いたこの町にね。私が極端な人間だということは前にも話したよね。ウイリアム・ブレイクがこんなことを書いているんだ。「極端な道のりは知識の宮殿へと導いてくれる」。私が信じているのはまさにこれなんだよ。だから、私が本を執筆する時には〝ブラジル流に〟、つまり情熱を持って書いていると言えるかもしれない。そんなことから、リオのなかでも海に面したこのコパカバーナ地区を選んだ。もちろん、リオには森に囲まれたもっと静かな場所もあるけど、ここは海と森のコントラストが強い場所だから。見てのとおり海岸沿いの家並みが白と黒になっていて貧困層と富裕層が共存しているのがわかる。ほかにもこれら二つが混在している地区はあるけどね。強烈な個性を持つこの地区は、私の魂にとって執筆にもってこいの場所なんだ。

ファン　ところで、大晦日はここ、リオで過ごされるのですか？

パウロ　不思議に思うかもしれないが、ここでは過ごさない。大晦日はルルドの洞窟でと決めているから。もしあなたがリオで過ごしたかったら、私の家をお貸しするよ。

ファン　ルルドで年越しですか？　今世紀最後の大晦日は、世界中の主要な都市のホテルはすでに満室で、レストランも予約でいっぱいらしいですよ。

パウロ　では、洞窟の片隅に入り込める余地があることを期待するとしよう。一九八九年の誕生日にそこで一人で過ごしたのだが、とても強烈な体験だったよ。その翌年からは毎年末、クリスチーナと一緒にその聖母出現の洞窟で過ごすことにしている。その時期はとても寒くてね。集まるのはわずか五十人ってとこかな。初めて行った時は、聖母マリアに魔法をかけられたみたいに心打たれたよ。先日来あなたに、宗教は崇拝だとたびたび言ってきたようにね。さまざまな場所からまったく違った感情を持ってそこに集まってきた人々は、ただひたすら素朴な祈りの宗教的空間によって互いの絆を感じるんだ。

ファン　新年はどのように祝うのですか？

パウロ　特別なことは何もしない。喜びも悲しみもなく、静けさだけがある。大抵は雨でね。前もってホテルで軽く夕食をとり、それから年越しを祝うんだ。信仰の神秘をひしひしと感じながら。一度、大晦日の朝に洞窟へ行ったことがあるんだが、男性が一人で瞑想していてね。晩に戻ってみるとまだ続けていたよ。よくはわからないが、たぶん何か誓いを立てていたんだろう。実際、少数の人たちと過ごすルルドの夜は、何もかもがとても魅惑的だよ。

ファン しかし、生産、消費、技術や市場のグローバル化が主流の現代社会で、魔術的な次元というのは少し流行遅れだとは感じませんか？

パウロ ファン、一つ言っておきたいことがある。市場や株式などのグローバル化だって現存している最も魔術的なもの。紛れもなく魔術なんだよ。当代のエコノミストたちが無の状態から情報を得ているなんて言わないだろう。彼らは途方に暮れている。予測することも、プランを立てることもできない。だって世界市場の、株式の魔術がやってきて、日本経済に風邪をひかせるだけで他の国々にも致命的な感冒を流行させるに十分なんだから。彼らは皆、理解も制御もできない魔術的効果に耐えているんだよ。

経済界のグルたち、つまり権力者たちは、それぞれ独自の宗教やドグマ、神秘や秘密をもって、貧しい投資家たちを惹きつけるためのゲームに興じているが、この株式の魔術に信仰はないから、現実には貧しい人々を破産に追い込んでいるだけだ。

ファン そうは言っても、あなたも株をやっているでしょう。

パウロ ほんの少しだけね。それに、いつも証券マンたちを挑発しては困惑させているよ。「今下がっているこの株は上がるだろう」と私が言うと、彼らはあり得ないと反論し、私は上がると言い張る。その後、実際に上がると彼らが訊いてくるんだ。「どうしてわかったんですか？」ってね。私はこう答える。「女性的な直感を備えているからだよ。あれほど下がったらあとは上がるしかないもの。あなたがたは、そんなことはあり得ないとあれこれ理由を並べるが、私は単に潮の満ち干に従っているだけだ。

潮が引いたら、その後は満ちるしかないだろう」。とても単純なことさ。

ファン　株式はますますコントロールが難しくなっていく魔術ですね。

パウロ　証券マンたちは科学的推測しかしていないからさ。私たちは彼らがわかっていると思い込んでいるけど、実際にはエコノミストたちだって何もわかっていないんだ。それは善悪の力関係のようなものでね。ある日、悪の勢力がブラジルの通貨を切り下げ、経済を崩壊させようと決定し、それを実行すれば、解決できるエコノミストはいないし、阻止できる政府もない。だから、私はほとんどこれらのものには手を出さないよ。自分の金は預金口座に入れておけばそれで十分だ。

ファン　ということは、あなたは悪というものの存在を信じているのですか？

パウロ　いい質問だね。私は悪には二通りあると考えている。自然のものと人工のものだ。自然の悪とは一神教の信者である私にとっては神の左腕、つまり自然現象だ。一方、人工の悪とは私たちが企て、おこなうもの。それは象徴的な世界を現実と化してしまうからだ。悪の闇を断ち切るには光を灯すだけでいい。なぜなら闇を灯すことはできないからね。

ファン　メタファーはあまり好きではないのでは。

パウロ　比喩的表現でしか説明できないものもあるよ。悪の話に戻ると、私たちが悪と呼んでいるのは日常的に起こっている、何が何だかわからないけど損害を与えるものだ。古い例ではヨブに起こったことだね。

ファン　悪の存在を認めることは、悪を生み出す構造と闘う代わりに、苦痛や不正を正当化してしまう危険があるとは思いませんか？

パウロ　それはつねに一つの危険性であり、一般的にスピリチュアルな探求にはつきものの危険だ。だからたえず警戒していなければならない。しかし、私は今までに誰一人として、苦痛を正当化して、自分の可能性の範囲でその苦痛と闘おうともせずに、精神的な探求の道を真剣に歩むことができている人に会ったことはないよ。

ファン　しかし、表向き自分はとてもスピリチュアルな人間だと自慢しながら、その実、不公正な世の中を変えるために何もしていない人たちも存在していますよね？

パウロ　一般化することはできないと思う。たとえば、誰が私の人生を変えただろうか？　実例を通して私に目を開かせてくれた人たちだ。だが、そのためには、自分の美徳をさらけ出すことに対し、コンプレックスを持っていない人でなければならない。福音書で「明かりをつけて、それを枡の下に置く者はいません。燭台の上に置きます。そうすれば、家にいる人々全部を照らします」と言っているようにね。

私も自分の人生で恐ろしい出来事に遭遇してきたし、魔術や精神世界で私を操ろうとする人間にも出会っている。それどころか、七〇年代には私自身も人々を操作しようとさえした。しかし結局のところ、私たちが思っているほど人間は愚かではなく、誰が自分を光へ導くか、闇へ導くかを見分けられるものだ。ほんの数日前、セクトに関するテレビ番組を観た。私はセクトに対して恐怖を感じてはいるが、あまりにレベルの低い内容でがっかりさせられたよ。視聴者を思考能力のない幼児と見なしているようでね。

ファン　作家としての話に戻りますが、自分に起こっていることに何らかの責任を感じることはありませんか？　それというのも、あなたの著書を消極的にではなく積極的に読む読者が何百万人といるからなのですが。

パウロ　本筋から脱線した話も、読者が作家としての私を理解する上で大切だと思うよ。作家は自分が経験したことや感じていることを書いているわけだからね。ところで責任に関してだけど、確かに感じているよ。とってもね。実際に私の著作が引き起こした影響も見ているし。それに今までにも人生で数多くの過ちを犯してきたことを自覚しているから。

自分が有名作家で世界中で作品が翻訳され、とても愛されていることは承知しているし、その一方で著作権を侵害され、毛嫌いされ、うんざりされているのも知っている。でもね、私は存在し、生きているんだ。私が作家としての自分に問う最初の質問は、自分自身に誠実であるかどうかだろう。今のところは誠実であると感じている。加えて世界中を巡って、一つの作品についてさまざまな場所で何度も話をすると、否応なしに読者のことを考えさせられる。特に私は自分の著作をいろんな場所で、さまざまな時期に紹介しているから、つねに反省させられているよ。

フアン　作家として見られることに加えて、グルや師としても見なされているとしたら、不愉快ですか？

パウロ　それが問題なんだよ。時々、作家とグルとの境目が気になってね。自分でもこの挑戦への心構えができているかどうか問うようにしている。危険な爆弾を扱うようなものだからね。今日までのところ、自分の役目は作家だけにとどめ、グルにならないよう努めてきたつもりだ。作品で訴えるべきことに関しては、触媒者としての役を演じている。

ファン　同じことをフェデリーコ・フェリーニも言っていました。過去の作品やこれからの作品について意見を求められた際「私はすでに自分の意見を映画のなかで述べている」と言って、自分の身を守っていました。

パウロ　それはとってもいい思いつきだね。実際、私は今まで作家としての役割から外れないようにして自分自身を守ってきたつもりだ。五年ほど前、講演や講座を開いて巨額のお金を稼ぎながら人生を過ごせたらいいのにと考えたこともある。ブラジル国内で六百万部を売ったということは、何百万人という読者がいるわけで、もしも彼らが私の講演を聴くためにほんの一ドル支払ったなら、一財産築けただろうからね。でも結局、それはやらなかったよ。

ファン　あなたの文体を批判する人たちに対しては、どのようにお考えですか?

パウロ　批評家は自分の仕事をしなければならないし、いつも私たち作家の力になってくれている。だから個人的には批評によって傷ついたと感じることはない。私は多くの人々が作品を理解できるよう、意識的にごくシンプルでダイレクトな表現を使って書くことにしている。そのため、しばしば文章の書き方を知らないと批判されたり、あまりにも単純すぎないかと言われたりすることがあるけれど、私には文章の書き方が一つだけとは思えない。それぞれの作家が独自の個性、特徴を持って、それぞれの読者のために書いているのだから。

でも、私はけっして批評家たちと対立したりしない。顔を合わせた時にも彼らには愛想良く振る舞っているよ。それは皮肉からでも、何百万部も本を売ったと勝ち誇っているからでもない。むしろ自分のやりたいようにやっているから、とても穏やかな気分でいられるんだ。もちろん、誠実で嘘偽りのない素朴な批評家たちには非常に大きな愛情と優しさを感じるし、そんな人たちとは一体感を持っている。

ファン　その一方で、いくつかの出版社には大変立腹されていますよね。

パウロ　理由を説明しよう。当初、事情がよくわかっていなかった頃には、私は契約書へサインもせず、口約束だけでしていたんだ。ところが、海外で印刷した私の本に十五ドルの値段をつけてインドに輸入するという事態が起こった。インドで一冊の本の値段が平均三ドルという時にだよ。しかも五億もの人口を抱える国でだ。イギリス、あるいはアイルランドからそんな高値で送るなんてどういうことだ？　それで出版社と対立した。その国の適正価格で売れるように、私の著作が高価な輸入本にならないように、それぞれの国で出版するよう命じたんだ。同様のことがラテンアメリカやアフリカでも起こった。ポルトガル語版の出版社ともやり合ったよ。だって私の本をヨーロッパ価格でアフリカへ送っていたんだから。私は担当者に言ってやった。「マリオ、君は私と違って神を信じていないかもしれないけど、社会主義者だろう。だったら、私の著書にこんな法外な値段をつけてアフリカで売ることなんかできないってことを理解してくれなければ。現地で印刷すべきだよ」ってね。今ではアンゴラでさえ現地版が出版されている。

ファン　本棚を隠しているのはなぜですか？

パウロ　前にも言ったけど、自分の読んでいる本、読まなくなった本を見せびらかすのは、品位がない気がしてね。一九七三年にはワンフロア全部が本で埋め尽くされた状態だった。ところがある日、帰宅してみると本棚が全部崩れ落ちていた。もしその場にいたら本に埋もれて死んでいただろうと思ったよ。そこでボルヘスが書斎の前で自問した言葉を思い出したんだ。「これらの本の何冊が再度読まれることなく終わるだろうか?」。私も同じ質問を自分に投げかけたよ。「再び読むことがないとわかっているのに、なぜこんなに多くの本を持つ必要がある? いったい誰を驚かしてやりたいんだ?」。それから蔵書は四百冊を超えないようにしようと決めたんだ。四百冊だって再読するには多すぎるし。それらの本はこの家には置かず、別の場所のクローゼットにしまってあるよ。

ファン ご自身の著作のなかで、あなたは反逆者のような感を抱いていますか?

パウロ 作家になるには、ある程度の空想や反逆、常識の図式を打ち壊すことが必要だ。私自身はつねに厳格さと慈悲の心を両立させるよう努めている。そうやって作家たちというのは、愚かな行動に走らないよう最低限の知恵を働かせているんだよ。しかし、自分の内に存在する子供の部分を殺すことはできない。私の著書が多くの人に読まれているのは、それぞれが持っている内なる子のせいだろう。だから私は自分が好きな物語を書き、哲学的論考だの、やたら退屈な理論だのを述べたりはしないんだ。もし誰かに、人生やある種のものごとについて私がどう思っているかを知らせたければ、あなたの本のために今こうして話しているようなことを綴るけど、狂気と現実の限界について語りたいと思ったら、自分好みの物語を書いて、そのなかにそれらをすべて投影させる。でも、その物語は私の内なる子との対話なんだ。そしてその子は、私の脳やその他の器官と話をつける指揮官のような役目を果たしている。

ファン 内なる子の探求は大人の部分と向き合うことへの恐れであると反論する人もいるかもしれませんね。

パウロ だけど、その大人の部分とはいったい何だ? 成熟するとはどういうことだ? 熟した実は食べられなければ腐る一方だから、それは衰退の始まりということになるよね。内なる子の探求が恐怖心だって？　そんなばかげたことはない！　自分はもう十分成熟しているから、神を信じる必要もなく、皆の模範となる大人だと言える人なんかいるかい？　そんなことが言えるのはおかしな人だけだろう。だって現実には私たちは皆、発展の最中で、たえず成熟と誕生を繰り返しているんだから。

ファン　そうした人々は、まるで何も恐れるものなどないと断言できる人たちのようですね。

パウロ　まったくそのとおりだよ。私の著作のなかで登場人物が勇気とは何かを問う場面がある。勇気とは恐怖によって引き起こされる祈りから生まれるものだ。私はそれを強く確信している。恐怖心を持たない者は勇気も持たないと思っているからね。しかし、これは大きな矛盾でもある。だって恐れがなければ平気で窓から飛び降りたり、車に突っ込んだりできるだろう。勇気ある人というのは、恐れを持っているが、けっしてその恐れに支配されることのない者のことだ。

ファン　若い頃に崇拝していた人物は誰だったのですか？

パウロ　代表的な人物を挙げると、音楽家ではジョン・レノン、作家ではホルヘ・ルイス・ボルヘスだ。この偉大なるアルゼンチン人作家と個人的に会いたいがために、リオデジャネイロからバスに乗ってアルゼンチンまで行ったぐらいだからね。それほど熱狂的なファンだった。住所も調べ出して手に入れて。ガールフレンドと一緒に行ったんだ。ようやく与えられた住所まで辿り着くと、彼は自宅の向かいにあるホテルにいると教えられて。そこへ行き、席に座っていたボルヘスに近づいた。彼と言葉を交わすために四十八時間、一睡もせずに旅してきたんだから。それなのに対面したとたん私は言葉を失ってしまった。「自分は崇拝する人物を目の前にしているが、崇拝の的とは語らないものなんだ」と思ってね。結局、一言も話さなかった。一緒にいた彼女は私のとった行動がまったく理解できなくて。だから私は、実は、自分にとっての伝説的人物、私の神話をこの目で見たかっただけで、その目的は達成したと説明した。言葉は必要なかったのさ。

ファン　あなたの人生にずっと付いて回っているとは、よほど親密な関係だったのですね。

パウロ　間違いなくね。ボルヘスは私の作品に多くの影響を及ぼしている。私は彼の散文と詩に心酔しているから。彼と同じ八月二十四日、同じ星座の下に生まれたことを大変誇りに思っているよ。もちろん、私が生まれたのは彼より何年もあとのことだけど。

ファン　ボルヘスの作品中では、詩よりも散文のほうが好きですか？

パウロ　彼の書いたものは何だって大好きだよ。彼の詩は何千回と読んだから、ほとんど全部暗記している。

ファン　それはちょっと信じられないですね。試してみても構わないですか？

パウロ　ああ、いいよ。彼のソネットの一つをスペイン語で暗唱してみようか？

ファン　さて、どうでしょうか。

パウロ　たとえば、これなんかどうかな。

いずれ私は幸せではなくなるだろう。でもおそらく、それは重要ではない。
もっと多くのことがこの世には存在しているから。
いずれの瞬間も海より変化に富んだ、
もっと深みのあるものなのだ。人生は短い。

光陰はたえず流れゆくが、
驚異の闇はつねに私たちを待ち伏せているから。
死。そのもう一つの海、もう一つの矢が、
日から月から、そして愛から、私たちを解き放つのだ。
私に与えられ、
そして奪われた幸せは消されてしかるべきもの。
すべては無に帰す運命なればこそ。
私には悲嘆に暮れる喜びだけが残され、
そしてその虚しい習性が向かわせるだろう。私を
南《スール》へ、誰かの戸口へ、どこかの街角へと。

（コエーリョは一語も間違えることなく、つっかえることもなく、完璧なスペイン語でこの詩を暗唱した。『一九六四（Ⅱ）』というタイトルのソネット。いずれにせよ、コエーリョはみごとにやってのけた）

ファン　書店ではご自身の著作をどのジャンルの棚に置いてほしいですか？

パウロ　いくつかの作品は文学に、それ以外は哲学のコーナーに。秘教の棚ではなくてね。恥も外聞もなく、誇りを持ってそう言えるよ。

ファン　ところで、読者としてのあなたは？

パウロ　書物とはほとんど魔術的な関係があってね、読書にもやはりこだわりがあるんだ。とりあえずは自分で買った本だけを読むようにして、人からもらったものはまったく読んでいない。毎日、二十冊ほどの本を受け取るが、それらは開きもしていない。

ファン　しかし、たとえもらった一冊の本でも、読まなければ素晴らしいチャンスを失うことにもなり得ると思いますが。

パウロ　もし、とても良い本だという情報が私のところへ届けば、書店まで行って買うよ。作家は自著を人にプレゼントするべきではないという意見を私は持っているんだ。靴の製造会社が自分のところの製品を一足私に送ってくることなど、まずないからね。どうして私に本を送ってくる必要がある？

ファン　例外がないわけではないでしょう。時にはあなたも自分の作品を誰かに贈呈し、送られてきた本を読んだこともあると思いますよ。たとえば、先日見せていただいたブラジル国防大臣からの手紙には、あなたが彼に送った『光の戦士』をとても気に入ったと書いてありましたし。

パウロ　もちろん例外もあるさ。ただ、この場合は大臣のほうから頼まれたからであって、そうじゃなかったら、私だって送ったりはしなかっただろう。

ファン　でも、私があなたに謹呈したジョゼ・サラマーゴとの対談集『可能な愛』はお読みいただいたと。

パウロ　当然だよ。それも一度だけではなくね。だが、この場合は話が別だ。あなたは私とあのようなインタビュー集を作るためにここへ来る予定になっていたわけだし、その上、サラマーゴという大成功を収めた有名作家の心の内を知りたいという強い関心があった。何より自分が読みたかったからだよ。

あなたの別の著作『ローマ法王のための神』についても同じだ。書店にあることすら知らなかった。マドリッドで噂を聞いてね。だからあなたにお願いしたんだ。カロル・ヴォイティワ、すなわちヨハネ・パウロ二世の心理状態を知りたかったから。でも基本的には、作家としての私に敬意を表したいだけとはいえ、著書を贈ってくれるのはやめてほしいんだ。読みたい本は自分で買いたいから。

ファン　けれどもあなたの名を冠した財団では、しばしば贈呈目的であなたの著作を購入していますよね。

パウロ　事実、私の財団は私の本を一万二千冊買い取っているが、それは刑務所や病院の図書室といったところに送るためだよ。出版社は原価でどうかと提案してきたんだけど、私は書店で買うのと同様に通常価格で購入したいと言ったんだ。

（この日のインタビューにはコエーリョの姪も居合わせていた。コエーリョは一度彼女に自分の本をプレゼントしたことがあるんだと打ち明けてから、本人に「あの本、読んだかい？」と尋ねた。答えはノーだった。彼は立腹したような口調で言った。「何だって！　君の叔父さんは世界中で愛読されている作家なんだぞ。それなのにその作品を読まぬとは何ごとだ！　自分のお小遣いで買っていたらきっと読んでいただろうに」。

その日の夕方、私のパートナーはコエーリョの感情を優しく刺激するため、自分の詩集を手渡して言った。「この本をあなたに差し上げるわ。ゴミ箱へ捨ててもらうために」。作家はにっこりと微笑み、彼女を抱きしめると答えた。「いや、ぜひ贈呈してくれ」）

ファン　作品中にあなた自身はどの程度現れていますか？

パウロ　実際、私の本に登場するのは皆、私自身だよ。例外はアルケミストだけさ。

ファン　それはなぜですか？

パウロ　アルケミストは何でも知っているが、私は自分が全部を理解していないと知っているし、まだ知らないこともたくさんあるからね。確かに『アルケミスト』のなかでは、私は羊飼いであり、クリスタル商人であり、ファティマでもある。それ以外の作品では、私はいつも中心人物になっているよ。ブリーダに至るまでね。完全に私個人が主役になっているのは『ワルキューリ』と『星の巡礼』の二冊だよ。それというのも、私の著書の多くは文学作品とはいえフィクションではないから。すべて私自身が生きた真実の出来事だからね。最新作『ベロニカは死ぬことにした』だって、あなたに語ったとおり、私が三度も入れられた精神病院での恐ろしい体験を小説化したもの以外の何ものでもないからね。

ファン　ご自分を巡礼作家だと思っていますか？

パウロ　作家たる者は皆、たえず行動し続けなければならないものだよ。少なくとも内面的にはね。プルーストが肉体的に活発に行動していたとはとても思われないけど、旅行経験は豊富だったからね。偉大なる古典文学の作品はいずれも偉大なる旅の叙述だ。『聖書』から『神曲』、『ドン・キホーテ』から『イリアス』に至るまで。それはつねにイタカを探し求める旅であり、生と死のメタファーであり、好む好まざるにかかわらず誰もがしなければならない大いなる旅なんだ。

第10章　読者たち

《読者たちは何と言っても私の共謀者だ》
《私は誰もが心に秘めている内なる子のために書いているんだ》

地球上の全大陸には、すべての言語において何百万人というパウロ・コエーリョの読者がいる。この途方もない広がりの特徴を捉えるのは至難の業だ。たとえ彼が何千通もの手紙やメッセージを受け取っていても、まだ読者たちの実態に触れるに十分とは言えない。確実なのは、それら何百万人もの読者から彼がどのように見られているかということだ。彼自身は自分は読者の師というよりは友人、とりわけ共謀者だと感じている。世界各国を歴訪中、彼は読者たちから自分に向けてさまざまな感情が流れ出ているのをわずかながら知覚できるという。そして、著作だけでなく彼自身がその場に居合わせることによって引き起こされる熱狂ぶりを体感している。本章では、読者との感動的な出会いの場面から、何とも魔術的でびっくりするようなエピソードに至るまで余さず語られている。

ファン　今回はあなたの読者たちの特徴について話題にしたいと思います。

パウロ　最初に言っておきたいのは、それらの名も知れぬ読者たちの巨大な塊と私との関係は非常に深く、師弟関係とも、昔ながらの作家と読者との関係とも異なるということだ。

ファン　では、いったいどのような関係なのでしょうか?

パウロ　友人同士の関係だよ。直接知り合ってはいないけど、自分のとても個人的なものを共有しているような。でも、その個人的なものとは彼らのものでもあり、私たち一人ひとりのなかに存在する最良のものなんだ。

ファン　最近あなたが受け取った手紙を例に説明してください。

パウロ　あのね、とても不思議なことなんだが、ある若い男性が私と写っている写真を送ってきた。イギリスで新作発表をした際、一緒に撮ったものらしい。イラスト付きの大変女性的な手紙が添えてあってね、現在ポルトガル語を勉強中で、天使たちを思い浮かべながら眠っているという。その写真にサインをしてもらいたくて送ってきたんだ。私はまったく覚えていないんだけど、彼は私たちがどこで出会って、どれほど自分が感激したか説明していてね。『アルケミスト』についても書かれていたよ。

このような手紙を何千通と受け取っていてね、時には八枚から十枚にも及ぶ長編もある。だが前にも話したように、ごくわずかの例外を除いて、手紙を書いてくるのは一般の読者たちだ。要人と呼ばれる人たちは通常そんなことをしないものだからね。

ファン　女性よりも男性のほうが、あなたの本を読んでいると思われますか？

パウロ　初めの頃は女性のほうが多かったよ。でも今は傾向が変わった。講演をするようになった当初は、聴衆の九十パーセントが女性で、男性は十パーセントだった。ところが現在は、六十パーセントが女性、四十パーセントが男性の割合になっている。参加してくる男性たちは、もう自分の感情を露わにすることを恐れていないし、女性たちと同じようにサインを求めて列を作っているよ。私の本の読者の比率も同じようなものではないかと推測しているのだが、実際のところ、正確なことはわからない。

ファン　びっくりするような場面に遭遇したことも？

パウロ　ああ、何度となく。時には、まさか自分の本を読んでくれているとは想像もしていなかった人物と出会うこともあって。私の読者たちが多種多様な分野に属していることを実感したよ。彼らと私の関係が非常に強固だってことも理解している。作品の良し悪しに左右されない、兄弟関係や共犯者に近い。読者というよりも、ほとんど私の共謀者だ。

時折、読者たちのことを想像するんだ。家を出て、バスに乗って、書店に行く様子をね。もしかすると店内は混み合っていて、私の本を買うために並んでいるかもしれないとか。そんなことを考えると、とてもわくわくするよ。

ファン　読者たちのあいだで大人気の理由は何だと思いますか？

パウロ　きっと私の本を読んでこう感じるからではないかな。「何だか自分で書いた本みたい。だってこの本で言っていることは、ずっと前から知っていたのに、忘れていたことだから」。このあいだ集合的無意識について触れたけど、まさにそれだよ。私の本はきっと、非常に女性的な側面を持つ神秘的な創造のプロセスと繋がっているのではないかな。

ファン　その女性的な側面とは何ですか?

パウロ　それはね、別の機会にも話したけど、神聖なものと世俗的なもののあいだに壁を作らず、直感と生命の魔術的次元を駆使し、日常のものごとにパラドックスを応用することさ。

ファン　一九六八年の若者のためにカスタネーダが担った重要な役割を、現在の若者のためにご自身が演じているとお考えですか?

パウロ　確かに処女作『星の巡礼』のプロローグでカスタネーダについて触れ、ペトラスをドン・ファンと結びつけてはいるけど、自分自身がカスタネーダの継承者とは感じていない。まさにサンティアゴ街道の巡礼で私が学んだ人生における最も大切な教訓は、並外れたものというのは、ほんの一握りの特権階級の人々や選ばれた人々だけの財産ではなく、ごく平凡な一般庶民に至るまで、すべての人々の財産だということだった。これが、私の唯一の確信だよ。私たちは皆、神の神性の表れなんだ。カスタネーダの主張は逆で、選ばれた者だけが神秘の世界へ入ることができるというものだから。とはいえ、カスタネーダは今でも私にとって崇拝の的だし、彼が自分の人生を変えたといつも公言している。一九九八年四月にカスタネーダが亡くなった際には、新聞「オ・グローボ」のコラムを彼に捧げたよ。

ファン　これまでのお話からすると、サンティアゴ街道の巡礼は、その後のあなたの人生にとって大変重要なものだったようですね。

パウロ　間違いなく私を根本的に変えた体験だった。私も開始した当初は、自分の運命を見出し、魂の神秘の世界へ入り込めるのは一部の選ばれた人間だけだと思い込んでいた。だから、道半ばにして激しい危機に陥ったんだ。

ファン　本当に何十日間にもわたって巡礼をおこなったのか？　と疑っている人さえいますよ。

パウロ　知っているよ。だけど、そういう人たちは私の体験について何も読んでいないんだ。読んでいたらそんなことは言わないさ。実際にやっていなければ、私が書いたようにほぼ毎日、事細かにいろいろな出来事を書き連ねるのは不可能だろうからね。それに何よりも、もし真剣にあの体験を実行していなかったとしたら、私の人生を完全にひっくり返すことはなかっただろうから。

ファン　巡礼を終えてから、しばらくはマドリッドに滞在していたということですが。

パウロ　数カ月間ね。ちょうどシーズン中で毎日闘牛をやっていたから、観に行くつもりだったんだ。とても幸せな数カ月間に思えたよ。何もすることがなくて、自分が選ばれた人間だなんて考えはとっくに失せていたし、苦痛が聖なるものだとか、複雑なものが優れているとか、洗練されたものほどセンスが良いとか、そんなことはもはや信じていなかったからね。それに、困難なものほど重要なんだというばかげた考えも持たなくなっていた。

ファン　サンティアゴ街道の巡礼があなたのすべてを壊してくれたのですね。

パウロ　その件に関連して読者たちに良く知っておいてほしいことがあるんだ。旅の道中に出会った人々は、何も特別な人たちではなかったけど、知恵に満ちあふれていて、私がそれまで持っていた精神的な図式をことごとく壊してくれたよ。ある日、小さな村のバーで出会った少年のことはけっして忘れないだろう。彼は学がなく、おそらくプルーストが誰かさえも知らなかっただろうけど、唖然とするほど素晴らしい人生訓を語ってくれた。また、別の人は一言も発することなく、私の全人生で信仰心や知恵、ものごとの探求のすべてをもってしても一度も経験したことがなかったような愛情と支援を態度で示してくれたよ。

ファン つまり、戻ってきた時にはあなたはすっかり変わっていた。

パウロ 一八〇度ね。急激な変化だったよ。そしてこのとき同時に、無知だとされる庶民には実は驚くほどの知恵が隠されているということを知り、彼らのために書かなければと強く感じた。それ以前も自分のことを作家だと思ってはいたが、一度も書こうと決心したことはなかったから。あの巡礼の大きな教訓は、美しいものは素朴さのなかに存在するということだった。そんなわけで、ごらんのとおり家のなかはできるだけシンプルにしてあるんだ。ほとんど空っぽの状態だろう。ただ客間の奥に一輪の花があるだけだ。あれが美しいのは、回りにほかのものが何もないからだよ。飾りけのなさは最高の美しさだ。

ファン その庶民に関してですが、保守的なカトリックの神学者たちが、とても興味深い理由から、いくつかの聖母マリアの出現の真実性を認めていないのをご存じですか？ それは、もし聖母マリアが人類に何かを伝えたければ、ルルドやファティマの預言者のように素朴で無知な女の子たちを使うわけがないというものなんですよ。

パウロ まるでキリストが生前からあたかも偉大なる賢人と見なされていたとでもいうように。実際はそうではなく、彼は真実を伝えるべく無知な漁師たちに囲まれていた。賢者たちではなくてね。『暗黒星雲』という面白いSF小説があるんだ。知恵を持った星雲が宇宙や銀河を食い尽くしていく話でね。その星雲は全能の知恵で、地球をも飲み込もうとする。人間はどうにか星雲との交信に成功し、地球にはすでに知的生命体が存在しているので、ほかへ行ってくれと懇願する。ところが、さらにこんなことまで星雲に頼んだ。「あなたの頭脳明晰さは存じ上げております。立ち去る前に、その知恵を地球上で一番優秀な人間にすべて伝授していただけませんか?」。暗黒星雲は言われたとおり最も賢い男を選んで接触するが、そのさなかに男は脳溢血に見舞われてしまう。死ぬ間際に、病室を清掃しに入ってきた掃除人を見て、男は星雲にこう告げる。「あなたは人選を間違えましたね。選ぶべきはその掃除人だったのです」とね。

ファン　でも、どうして?

パウロ　いたって簡単さ。賢い男の頭のなかは既成概念で凝り固まっていたから、星雲から知恵を詰め込まれてパンクしてしまったんだ。むしろ平凡な掃除人のほうが、知力は劣っていても頭は柔軟だから、何の問題もなく素直に知恵を受け入れられただろうにということだ。フレッド・ホイルの『暗黒星雲』はSF小説の古典的作品だ。今話していることを説明するのにぴったりだと思う。私は読者に向けて本を書いている。誰もが心に秘めている内なる子のためにね。まるで無邪気さが人に愚かな行為をさせていると言わんばかりに、無邪気さと子供に関する誤った神秘性が唱えられているけど、そうじゃない。存在するのは、さまざまなことに感激し、驚きを覚え、冒険心をかき立てる無邪気さで、特に子供が感じるものだ。これは福音書のなかで、キリストが知恵を子供に伝え、賢者や権力者たちには隠しておこうとした時に言いたかったことだ。そして、私の作品の哲学においても大変重要なことなんだよ。

ファン　世界中を巡って読者たちと出会うなかで、しばしばほとんど魔術的とも言える不思議な出来事も起こっているとか。

パウロ　そうなんだよ。ちゃんと証人がいるからいいようなものの、そうでなければ誰一人として信じてくれないだろうな。そのうちの二つだけお話ししよう。ある時、マイアミのブックス&ブックスという書店で講演した。拙著『ピエドラ川のほとりで私は泣いた』に関する内容で、主人公はピラールという女性だ。講演の最中、「ギュスターヴ・フローベールは〝ボヴァリー夫人は私だ〟と語った。だから私も言おう。〝ピラールは私だ〟」と言って、すぐに本文の段落をいくつか朗読した。合衆国の講演ではいつもそうしていてね。その後、聴衆から質問を受けることになっているんだ。朗読中、何かが落ちたような大きな物音がしてね。その場では中断せず、読み終えてからきっぱりと宣言した。「さてさて、それでは先程何が起こったか見てみるとしよう」。書棚から本が一冊、床に落ちていてね。拾い上げてみたら、信じられないことに、フローベールの『ボヴァリー夫人』だったんだ。私はその本を持ち帰り、今、ここに置いてあるよ。居合わせた人々は驚いていたけどね。このようなことは今までにも結構たくさん起こっているんだ。大量の本のなかからずばり引き合いに出した本が落ちるなんて、実に不思議なことだと言わざるを得ない。この件については、最初に驚いた人物である書店のオーナー、マイケル・カプランに聞いてもらえば確認できるよ。

フアン　もう一つのエピソードとは?

パウロ　これもマイアミで起こった話だ。あそこはまったく好きになれない街でね。ちょうど合衆国内を回り、その足で日本まで行くことになっていた。そういう世界ツアーにまだ慣れていない頃で、ひたすら出版社が組んだ予定を消化しているような状態だったよ。今ではキャンペーンの予定は自分で立てている。疲れていなければ一カ月旅行して、可能なら翌月は休むという具合にね。大抵、出版社の担当者は全行程には同行せず、別の人がアテンドすることになっている。

ファン　マイアミでは誰が？

パウロ　マイアミのハーパー＆ローのシェリー・ミッチェルという若い女性だった。私はある書店で談話することになっていて、会場に向かって歩いていたんだ。夜八時だったな。すると彼女は「ここで待ってて。あそこに私の恋人がいるからちょっとキスしてくるわ」と言い残して去ってしまってね。一人置いてきぼりにされた私は、そこに座って待っていた。合衆国は厄介な国だし、移動ばかりで疲れがたまっていた。いら立たしさや寂しさ、孤独と失望感にさいなまれてね。マイアミのど真ん中で嘆いたよ。「一体私はここで何をしているんだ？　本の売れ行きはすこぶる順調なんだから、キャンペーンなんか必要ないのに。ああ、ブラジルが恋しい。家が恋しい」。タバコを吸って、そして考えた。「それにしても、私を置きざりにしてのんびり恋人にキスしに行くなんて、しょうもない女だな」

ファン　そしてその時、尋常ではない出来事が起こった。

パウロ　目の前を十二歳の女の子を連れた三人の女性が通ったんだ。少女は大人の一人にこう話しかけていた。「ねえ『アルケミスト』って読んだことある？」。私は呆然としたよ。母親と思しき女性が、何と言ったのか聞きとれなかったがそれに答えたんだ。するとその子は執拗に言い張った。「読まなきゃだめよ。すごく素敵な本なんだから」。私は我慢できず立ち上がり、彼女らに近寄ると声をかけた。「私がその『アルケミスト』の作者です」ってね。少女の母親は私を見るなりこう言った。「まあ、いやだ。変な人がやってきたわ。逃げましょう」。そこで私は恋人にキスしに行ったシェリーを呼びに行き、私は狂人でなく本当に著者だと説明してくれるよう頼んだ。

走って逃げていく女性たちを二人で追いかけ、どうにかこうにか捕まえることができて。シェリーが「待ってください。私はアメリカの出版社の者で、この方は変人ではなく本当に『アルケミスト』の作者なんです」と話すと、少女はとてもうれしそうな顔で「私はそうだと思ったのに、皆信じてくれなかったのよ」と答えてね。そこでシェリーは彼女にこう言ったんだ。「これはあなたの人生におけるとっても大きな教訓ね。自分の直感に任せること。だってお母さんたちがいつも絶対に正しいとは限らないでしょう」

私は彼女たちを談話に招待した。そして少女を聴衆に紹介してそのエピソードを披露し、彼女たちのために拍手を求めたんだ。

これが「前兆」のテーマで触れたことさ。私のエネルギーの状態が最低で、やる気を失い、空っぽになっていた瞬間に、その女の子が天からのメッセージを持ってきてくれたんだ。私を元気づけ、私が個人的に読者たちと出会うことの重要性を納得させるために、天使が彼女を遣わしたのさ。

ファン　一般大衆のあいだであまりにも大きな熱狂を引き起こしているという理由で、あなたのことを良い作家ではないと批判している人たちがいますが、彼らに対してはどのように答えますか？

パウロ　それは文化のファシズムだよ。そういった知識人、民主主義を声高に唱えて得意になっている連中のなかには、内心大衆は無知だと小馬鹿にしている者たちがいるんだ。

ファン　あなたは憎まれ、同時に愛されている作家ですが、あなたにとって愛とは？

パウロ　一種の魔術、人間を生かしも壊しもできる原子力のようなものとでも言うかな。私にとって愛とは、この世で最も破壊的かつ建設的な力だ。

作家パウロ・コエーリョに関し、特に彼が単なる作家以上の存在だということを理解した上で彼の作品を分析した真の批評にお目にかかることは滅多にない。彼はまた、研究対象にする価値のある社会・文化現象でもある。私はしばしばスペイン人の読者たちから、本国ブラジルではコエーリョ自身や彼の著作、あるいはこの作家が引き起こしている現象についてどう捉えられているかと尋ねられた。そんなこともあって本書を出版するにあたり、私はべた褒めに終始するでもなく、かと言って「ヴェージャ」誌にダヴィ・アリグッチ・ジュニアが寄せた「コエーリョの作品なんか読んだこともないし、好きでもない」のような批判にも値しないというコメントでもない、まともな批評を探した。

そして、ようやく幅広い観点からこの現象を偏ることなく分析している批評を見つけた。「なぜパウロ・コエーリョなのか?」というタイトルで今年五月「レプブリカ」誌に掲載された、有名作家で新聞記者のカルロス・エイトール・コニーの記事だ。以下に引用する。

「パリでおこなわれたブックフェア開催中、私は現代における文学・出版界の現象を目の当たりにする機会に恵まれた。ブラジル文化史上、いまだかつてない絶大なる世界的人気と尊敬を手中に収めたパウロ・コエーリョだ。

この作家の成功に対するやっかみからだけでなく、その作品を低俗な商業主義の文学、つまり文学もどきだとして、いまだに彼にそっぽを向く人々は多い。

しかし私が見る限り、彼のケースはそのようなものではない。私は作家の個人的な友人ではないし、敬意と愛情を持って接してはいるが、顔を合わせても五十語以上言葉を交わすことはまずない。だが、かなり前から彼の成功に関して一つの解釈を持っている。それについて検討してみよう。

今世紀は肉体と精神に関わるすべての問題を解決すると期待された二つのユートピアとともに始まった。マルクスとフロイトだ。それぞれが〝科学〟と呼ばれる分野で、片や社会正義をもって、片や精神分析を通じた自己に対する正義をもって、不安を抱えた何百万もの人々に影響を及ぼすことになる規範を確立した。

世紀末を迎えようとしている現在、これら二つの強力なトーテムは脆くも砕け散った。支えている土台が泥でできていたからだ。マルクスは己の指導下で構築された統治形態の失敗に持ちこたえられなかった。もちろん社会主義は人類の期待をかなえられる夢の一つとしていまだに存在し続けているが。一方フロイトは存命中に異議を唱えられ、ばらばらにされ、後継者たちは分離を宣言し、反乱を起こした。彼独自の理論は今や文学的エッセイとして残っているにすぎず、その学術的側面は次第に失われつつある。

二つのユートピアの崩壊によって、この世紀末、人類の心にはぽっかりと穴が空いてしまった。そしてよくあることだが、魔術を含めたいわゆる神秘主義は避けられないものとなっていた。そして、そこにわれらの魔術師が現れたのだ。さまざまな時代の、あらゆる宗教の聖人たちに似たこの魔術師は、シンプルさをもって、人々に必要な、誰もが聞きたくなるような言葉を告げる。なぜならある意味、それらの言葉は、私たちすべての魂のなかに存在するものだからだ。

パウロ・コエーリョはこれらの言葉を神聖な、あるいは世俗の書物、東洋の伝説や西洋の武勲詩などから見つけ出し、福音書、数々の中世の魔術書、私たちには馴染みの少ない魅力的な東洋の素晴らしい詩と巧みに〝ミックス〟させた。そして何も強いることなく、思うまま、感じるままに身を任せる人間の素朴さを見出したのだ。

コエーリョと同じことを成し遂げようと、多くの人々が今までに試し、そして今もなお挑戦しているが、彼のように成功した者はいない。私自身は公私ともに、ひどい厭世観や人類の存在の残酷さとネガティブな見解に傾きがちなので、彼とはまったく対極に位置していると言えよう。しかしながら、パウロ・コエーリョのように自分なりの方法で人類を向上させ、人生の耐え難さを軽減させようと奮闘しているすべての人々に対しては、大変感激させられ、心からのエールを送りたいと思う」


カルロス・エイトール・コニーは新聞記者で作家。すでに二十作以上の著書があり、代表作には『ほぼ記憶に近い』や『悲劇詩人の家』といった小説がある。


続いて、ブラジル言語アカデミーの元会長ネリダ・ピニョンの見解に移ろう。

パウロ・コエーリョに対して最も手厳しいのは、小説の書き方がなっていないと非難を繰り返す文芸評論家たちである。そこで、ブラジルを代表する偉大な作家の一人で、国際的にも評価が高く、自身の著作も主要な外国語に翻訳されているネリダ・ピニョンに、作家としてのコエーリョや彼の作品についてどう考えているか尋ねてみようと考えた。昨年までブラジル言語アカデミーの会長を務めていたネリダほど公正な意見を求めるにふさわしい相手はいないだろう。

バルセロナで開催された〝リベル一九九八〟ブックフェアの開催中におこなわれた円卓会議に、コエーリョとともに参加していたネリダにこの問いを投げかけてみると、彼女は次のように語ってくれた。

「私は彼に対して美学的な先入観は持っていません。コエーリョと私は異なった役割ではありますが、同じ舞台を演じています。彼はその作品でブラジルの評判を高め、世界各国で私たちブラジル人に名誉を与えてくれる作家ですから、私にとって多大なる敬意を表するに値する人物です。私たちが初めて出会ったのはガソリンスタンドで給油している最中でしてね。私に気づくなり、彼は礼儀正しく、少し遠慮がちに挨拶してきました。そこで、私のほうから『パウロ、一緒に食事でもしましょうよ』と誘い、知り合いになったのです。ところで、あなたに一つ秘密を打ち明けましょう。何と私たち二人で本を書く計画があるのですよ。すでにタイトルまで考えてあるのですが、今この場でそれを明らかにするのはご勘弁願いますわ」

第11章　パウラ、アナ、マリア

《旅のメタファーで表すなら、私は人生を〝どこからやってきて、どこへ行くのかわからないキャラバン〟と捉えている》

コエーリョの読者の多くは、いつの日かリオデジャネイロにある作家の自宅で彼と向かい合い、著作について山ほどの質問や意見交換ができたらと夢見ているであろう。

その夢を実現したのがスペインの三人の女子大生だ。パウラ・ゴメスとアナ・ゴメスの姉妹はそれぞれ建築学、心理学を、そして姉妹の友人、マリア・チャモロは教育学を専攻している学生だ。

私が彼女たちと知り合ったのは、コエーリョと本書を制作するために乗ったマドリッド発リオデジャネイロ行きの機内で、興味深いことにその時三人は各自このブラジル人作家の小説『ブリーダ』、『第五の山』、『ピエドラ川のほとりで私は泣いた』を読んでいて、尊敬する作家と会って話ができたらどんなにいいかと熱っぽく語った。こうしてリオの自宅におけるコエーリョと三人の女性たちとの出会いという最終章が生まれることとなった。明け方近くまで及んだ対談には彼女たちのほか、作家の妻クリスチーナと、広告会社の経営者にして詩人、ブラジル国内きっての文化人として知られるコエーリョの無二の親友、マウロ・サーレスも参加した。

作家は対談後、自分に対して若者たちがこれほどまでためらうことなく徹底的に質問してきたのは初めてだと打ち明けた。

建築学科の学生であるパウラが特に感銘を受けたのは、コエーリョが自宅内に適用した発想の転換だ。つまり私生活で一番重要な寝室と仕事部屋を海に面した最も眺めの良い場所に配置し、応接間を裏手に持ってきていることだった。

心理学専攻のアナと教育学専攻のマリアも、人生経験や文化的な面でパウロ・コエーリョとの隔たりを感じながらも、年齢差にとらわれることなく作家と親しみを持った友人同士の対話ができたことを喜んでいた。そしてこの対談によって人間的に成長することができたと語ってくれた。「知的な出会いであっただけでなく、非常に生き生きとした深みのある出会いでした」という感想からも、彼女たちが作家コエーリョと真に繋がったということがうかがえる。

・・・・・・・・・・・・・・・・・・・・・・・・・・

パウラ・ゴメス（以下パウラ）　私たちはあなたにどのような質問をしようかと考えて、大きく分けて二つの問いにまとめました。一つは若者全般について、もう一つは個人的な、私たち一人ひとりに関するものです。

パウロ　始める前に宣言しておくが、すべての質問に私が答えられるとは思わないでくれよ。それから友人同士のような会話を心がけよう。みんなが話すことによって全員が学ぶことができるからね。いいかい？

パウラ　では、まず私から。ブラジルではどうだかわかりませんが、時々スペインの若い娘《こ》たちがひどく希望を失っているように思えるんです。新聞やラジオで報道されているような話題ではなく、何かもっと深刻な、自分が何をしたいのかもわかってないような感じがして。もちろん私自身はそうは思っていないですし、皆が皆そうとは限らないでしょうけど。若者のことをよくご存じのあなたは、これについてどう考えますか？

パウロ　逆にパウラに訊くけど、失望していないんだったら、君はどう感じているの？

パウラ　あなたの作品と強く繋がる何かがあって、少しずつそれを発見しつつあるように感じています。自分自身を発見する時が来て、外の世界との数々の小さな出会いによって、自分の内に隠された潜在能力に気づかされているというか。そしてその信頼と自由の混ざったようなものが、私を幸せにし、私の人生に一つの意義を与えてくれているのかもしれません。そこで質問なのですが、私があなたの著作と繋がっていると感じるのは事実、本当のことなんでしょうか。あなたの本を読んでいると、まるで私に宛てて書かれた手紙のように思えることがたびたびあるので。

パウロ　それらのことはすべて、意識の探求と関係してくると思うよ。この件については、ファンやホゼアーナともいろいろと話したんだ。私が作家になるに至ったいきさつとかね。極端に単純化するなら、私の仕事の要となっているのはみずからの使命と呼んでいるもの。『アルケミスト』に出てくるようなね。神秘的に思うかもしれないが、まさしくその使命こそ私たちの存在理由だ。時にはそれがはっきりせずに無理に先を急ぐこともあるだろう。そんな時期には無気力になって自分が臆病に思えてくる。

でもみずからの使命は心の内に存在し続けているから、最終的には自分がなぜここに存在しているのかわかるようになる。だから、私にとってスピリチュアルな探求というのは完全なる意識の探求なんだよ。

パウラ　自意識の探求ということ？

パウロ　そうだ。たとえば、ワインを飲んでいると表情が輝いてくるのはね、ワインを味わっているあいだ、ブドウ畑のざわめきを感じているからなんだ。ブドウを収穫する家族、彼らを取り巻く風景……それらすべてをひっくるめた意識をね。あらゆるものごとを完全に意識すること、それが私に活力を与えてくれる。だから、そのことに精神を集中させるんだ。苦痛にではなく、喜びを感じるものやわくわくするものにね。

パウラ　要するに、自分自身をもっと感じろと。

パウロ　そのとおりだよ。私はね、近頃かつて有形化されたことのない一冊の本が書かれて存在しているんじゃないかと考えているんだ。私はそれを〝マニュアル〟と呼んでいるんだけど、そのなかには人間が代々従わねばならない規則がすべてまとめられていてね。ある時期、どうしてそんなものに従わなければならないんだ？　と疑問に思っても、それはそこに存在し、人はそれにお墨付きを与え続ける。たとえば、その本の二十ページには「この年齢であなたは大学へ入らねばならない。その年齢では学位を取得せねばならない。結婚は二十五歳から三十歳のあいだにしなければならない。もし従わなければ、新たな問題に出くわすであろう」なんて書いてあるんだ。

ファン　われわれに押しつけられている社会制度のことを述べているようですね。

パウロ　現在私たちが社会制度として理解している代々強いられてきた慣習は、はっきりと目に見えるものではないため、明確な闘いを挑むことができない。すべての若者がそこを通過するわけだが、その際に起こす行動は、直感的にその制度に含まれているものや自分を満足させないものを捉えてそれらと闘うか、あるいはそのまま受け入れるかだ。それらを受け入れた瞬間から、自分の人生ではなく、両親や家族、社会や組織の人生を生き始めることになる。私は楽観主義者だけれど、完全なる失望に行き着いた時が転換の瞬間だと思う。なぜなら、人は追い詰められると奮起一転して、新たな力を持って戻ってくるものだからね。

ファン　哲学的に言うと、あなたはとてもヘーゲル派ですね。

パウロ　間違いなくそうだろう。実際、若者たちの引き起こしている行動を見ていると、彼らはすでにそのマニュアルの存在に気づいていて、それを変えようとしているのではと思う。時にはマニュアルのほうが勝ってしまうこともあり、現在はその段階なんだろう。過去の世代はスポーツや心身の鍛錬、あるいはヤッピー社会を通してそれを越えようとした。今の世代にはどうやらそれとは違った兆候が見られるよ。正確には何なのかわからないがね。たとえばスピリチュアルな探求もその一つだと思うし、それによってとても健全な反逆ができると考えている。私は信仰の健全化のパワーを強く信じているんだ。今私たちはある地点に差し掛かっていて、そこへ到達したらきっと健全な反逆のパワーが飛び出すに違いない。

パウラ　あなたがおっしゃったマニュアルについてですが、私がそこから脱して飛び出す力になってくれたのは、旅することでした。

パウロ　私にとってもそうだった。今の君ぐらいの年頃でした旅が、紛れもなく私を飛翔させてくれたんだ。

マリア・チャモロ（以下マリア） 私はあなたがヒューマニズムの信奉者なのではないか と思っているの。たとえば『第五の山』は聖書の物語にあなたの思想を入れて展開していくストーリーでしょう。まるで人間的なものと霊的なもののバランスをとるようにして。それがあなたの作風なのか、すべての人に理解されるために過激な表現を避けたのかはわからないけど。あなたが作品を通じて言いたいことは、神を信じていればあなたが体験したような出来事が起こるということ？ それとも〝神は人間性そのものだ〟と言っているように、神を理解することができるよう短いお話を作っているということなのかしら？

パウロ 基本的に『第五の山』で描かれているのは、神ではなく神の沈黙だよ。神が何も語らない瞬間、神が「おまえの手助けをしてやろう。ただし、それはおまえがすべき決断を下したあとでのことだ」と告げる瞬間さ。

マリア もちろんそうかもしれないけど、先程あなたが話していた、人生で起こった多くの出来事というのは、運よりも信頼に関係があると思うの。だって、信頼がなければ目を閉じている状態と同じでしょう。だから信頼し始めた時にいろんなことが見えてくるのよ。そして何らかの前兆が現れ出し、人生に意義が与えられ始めた時が、一歩踏み出し、今まで自分が予想もしてなかった選択に飛びつく瞬間だと思うわ。

パウラ でも、信頼するってことも、何だかよくわからないことでしょ。

パウロ ああ、絶対にわからないだろうね。

パウラ　それは単に機能している何かだと思うわ。私の場合は旅自体がそうだったわけではなく、旅が多くのものごとに関する一つの起爆剤となって、私を自由にし、幸せにする何かを見つけることのできる時期に辿り着いたの。

パウロ　私の本の多くが旅をテーマにしていることにはもう気づいていると思うけれど、それはなぜだろう？　まず、私は旅する世代に属している。移動しながら異なった文化と交流して暮らしていたヒッピー世代にね。そして旅は人間の人生において非常に強い象徴的な側面を持っている。旅の最中、自分は自分以外の何ものでもない。開放した状態になるしかないからね。たとえば、君たちがどこかのカフェテリアでファン・アリアスと出会い、会話が弾んだとしよう。きっとこの人、私と仲良くなりたいのね、そんな感じだもの、と思うだろう。旅をしている時は完全に開放された状態だ。なぜかと言うと、旅の経験とは歴史的建造物や美術館、教会を見てまわることではないからね。私はそういった場所は滅多に訪れない。自分が本当に行きたい所だけにしているよ。そういえばヘンリー・ミラーがうまい具合に説明していた。ノートルダム大聖堂は素晴らしいからぜひ見たまえと勧められ、行ってみると確かに素晴らしいが、他人に説得されたからそこへ行ったんだということにはたと気づく。しかし、もし自分で歩いて角を曲がり、ばったりノートルダムに出くわしたら、それは自分で見つけたものだから、本当の意味で感動が味わえると。多くの場合、旅の素晴らしさはガイドブックに載っていない小さな教会や自分自身が発見した町の小さな片隅にあるものでね。ガイドブックに則った旅には時折、ぞっとさせられるよ。

ファン　われわれがベネチアに一緒に旅行した際、信じられない街角や場所と出会えたようにですね。

それまでに私は何度もあの街を訪れていましたが、いつもガイドブックと一緒でしたから。あの時は「思いきって迷子になり、素敵な街角に偶然出会おう。背中を丸めた九十歳ぐらいのおじいさんが路地を一人で歩いているような素晴らしいシーンを見つけよう」と言っていたんですよね。そうすれば、そこに住む人々の足音を聞くことができるだろうから。疲れ果てた、そして時には運から見放された人の象徴でもある足音をね。

パウロ そう、それだよ。身を任せ、信頼する。だって旅をしているのだから、まずは訪れた街やいろんなものと繋がり、次に人々と繋がる。それが個人的な体験なんだからね。その国を楽しむんだよ。なぜなら人々は礼儀正しく、とても親切で、力を貸してくれるし、もしかするとこの世に存在する最も美しいものを見つけ出せるかもしれないからね。人々に対し心を開き、自分自身を解放しなければ。それというのも、そこでは普段の環境に守られてはいない一人の人間になっているからだよ。孤独であるという人間の重要な本質とともにね。たとえ同行者がいたとしても、孤独であることに変わりはないのだから。

ここには私の友人たちがいて、いつでも彼らと会うことができる。海岸を散歩すると、すれ違うのはいつも同じ顔触れで、相も変わらぬおしゃべりをするのが習慣だ。けれども、もし、私が台湾にいるとしたら、街の不快さに不平を言うかもしれないが、しまいには街の見物に出かけ、初めに出くわした人と会話し、次にタクシーの運転手と議論して、今度は別の人と……。

フアン 事実そうですよね。だから旅は人生の最良の大学だと言われているのでしょう。ある街に関する本を山ほど読むことは可能ですが、実際にそこへ行ってみなければ、自分が読んだものは皆、それほど役に立たないということが理解できないですからね。

パウロ　そのとおり。それからあと二つある。慣れ親しんだ環境という安全圏を飛び出した状態では、どこにも属していない迷子みたいに他人の助けを必要とするものだ。他者への依存、これも人間の本質の一つでね。『アルケミスト』でもそうだったように、本人は自力で旅をしているつもりでも、実際には多くの人々に支えられ、自分の道を見つける手助けをしてもらっているんだ。たとえ自分の道がすでに書かれていたとしてもね。

それから、ちょっとわかりにくいかもしれないけど、旅行中には形而下的、つまり感覚で捉えることのできるものと、そうでない形而上的なものの両方との関わりが生まれる。お金の価値が生活に密着し、固定されたものであると同時に、非常に感覚的なものであるようにね。たとえば旅に出ると、もうどれが高くてどれが安いかわからなくなるだろう。自分にはとても高く思えるものが実はとても安かったり、その逆だったりして、年中計算していることになるからね。

もう一つは、できる限り生活をシンプルにせざるを得なくなる。見栄を張って全財産を持ち歩くわけにはいかないし、荷物を最小限まで軽くする必要があるだろう。私は空の旅が多いが、いつも小さな旅行かばんを使っているよ。スーツケースが重いのは承知しているし、その小さなかばん一つで残りの人生を暮らすことも可能だと気づいたからね。

フアン　ホゼアーナがマドリッドに三カ月間滞在しに来た時には死ぬほど驚きましたよ。何しろ、今あなたが言ったような、機内預けにする必要がないほど小さい旅行かばん一つだけでしたからね。

パウロ　わかっただろう、三カ月であろうと三日であろうと同じ旅行かばんで旅ができるんだよ。これらすべての旅の象徴は人間心理の深い部分を突いている。だからすべての宗教は、手を替え品を替え、巡礼と不必要なものを捨てる行為の大切さを説いているんだ。

フアン 旅におけるもう一つの問題は、不慣れな言語でどう意思の疎通を図るかということですね。

パウロ それも荷物の件と同じようなものだよ。旅する時は生活を否応なしにシンプルにさせられる。だって数日ののちには、もはや会話のためのボキャブラリーは持ち合わせていないんだから。だけど、言葉を単純化しなければならないとなると、自分のなかにあるものも含め、全部シンプルにせざるを得ない。二十歳の時、アメリカ全土を旅したんだ。当時は基本英単語のいくつかしか知らなかったけど、旅の終わりには自分がよりシンプルになったように感じられたよ。深刻な社会問題を議論するほどの語学力もなかったし、使用語彙を基本的なものに限定せざるを得なかったからね。それなんかは一つの大きな訓練だろう。

マリア それに旅は一つの揺さぶりだと思うわ。だって前兆が自分のまわりに存在しているかもしれないし、実際存在しているんです。それというのも、旅や強烈な体験のあとは、以前だったら目の前にあっても見えなかったものが見えるようになるから。

アナ・ゴメス（以下アナ） 私はそれぞれの人が持っているみずからの使命について話したいのですが。人は自分が成長していることに気がつくけれど、その成長には多くの場合、痛みが伴いますよね。私は幼い頃、両脚が痛くなったことがあるのですが、問題は自分が成長していたからでした。今、ちょうどそれと同じことが起こっているみたいで、あなたの本を読むと胸が痛むんです。

パウロ 私が君に与えている痛みとは、いったい何だろう？

アナ　つまり、私にとってあなたの本は、自分自身と向き合い続けることに等しいんです。一方では、自分が成長しているのがわかるのだけれど、他方では、ものごとを変えるのに痛みを伴っている。なぜなら、私のなかに自分を豊かにしてくれるものを取り入れるだけではなく、心のなかにあった余分なものを取り除いてきれいにすることでもあるから。

パウロ　それはとても良い定義づけだね。コナン・ドイルが彼の最初の作品『シャーロック・ホームズ』で極端な例を示しているよ。ワトソン博士がシャーロック・ホームズと出会った時、地球は丸いという誰もが知っていることで議論になるんだ。シャーロック・ホームズは面食らった顔で「地球が丸いだって?」と訊くと、ワトソンが応じる。「当然だよ!　そんなことも知らないのかい?」。するとホームズは「知らないね!　そんなこと一度も考えたこともなかったさ!　だけど、できるだけ早く忘れてしまおう。私の頭の空間にはスペースに限界があって、それを入れておく余地はないからね」と。つまり地球が丸いということは知っているけど、人生にも仕事にも大した助けになるわけではないから、なるべく早くそれを忘れて、もっと自分の仕事に関わることを記憶するよってことさ。問題は単に付け加えるだけでなく、取り除くことでもある。要するに、先程話題に上ったマニュアルによって非常に無意識な過程を通じて置かれたものを取り除くわけだ。

パウラ　若者と言えば、ちょうどここへ来る前に、自分の人生や自分が何者かを問う本を読むことに苦手意識を持つ人たちもいると三人で話したばかりなんですが、それはとても人間らしい恐れだと思います。前に進むことで傷つくかもしれないし、自分が何者か問うことで傷つくかもしれないから。いつだったか一緒に夕食をとっていた時に、万が一、気に入らないものに出会ったら見ないようにすると私に語った友人たちがいて。私だったら、たとえ自分がどうしようもない人間だとわかっても、自分を探し続けるほうを選びますが、なかには自分の内側を詮索させるような本を読むことに恐怖を覚える人もいるんです。そこでお尋ねしたいのは、あなたは誰もが皆、マニュアルから外れる能力があるとお考えですか？　もしそうだとしたら、なぜそう考えるのですか？

パウロ　〝女性の道〟とも呼ばれるローマの巡礼道での体験談を一つ聞いてほしい。巡礼を始めて一週間か十日ほど経った頃、自分自身の最悪な部分、最もひどい部分が見えてきたんだ。自分が卑しい奴に思え、復讐したくなり、とにかく最悪の気分だったよ。そんな時、巡礼のガイドのもとへ行って話したんだ。「私は今、ここで自分の最善を尽くして聖なる巡礼をおこなっています。でも、向上するどころか、小さく卑しい人間になりつつある気がして」とね。それに対する返事はこうだったよ。「いや、それは違う。今はそういう段階だ。そのあと光が現れるから。君が見ているのは現時点での自分の本当の姿だ。それを感じるために変わったのではない。君の世界の小ささがより鮮明に見え始めてきたんだ。そして、それはつねにものごとをより明確にしてくれるものだ」。

　明かりをつけたら蜘蛛やゴキブリ、すなわち悪が見える。そこで人は明かりを消す。なぜなら、いやなものは極力目にしたくないから。巡礼ではそのような痛みを伴ったプロセスを通る。その過程で初めに目にするのは、自分たちの良い部分ではなく、最も暗黒の部分だ。でもその後、光がやってくるんだ。

マリア　だけど私は、良くないと思われている小さな部分もひっくるめて、丸ごと自分を愛するべきだと気づいたの。だって、自分は何て悪いんだろうと思ったら、自分のことを小さく愚か者であると見なし始めるでしょう。

幼児がちょっとふざけて床にコップを落としても「まあ、何て可愛いんでしょう」とか「まあ、素敵」と言われるのに、私たちがコップを落とした時には「ばか！」とけなされる。あれにはとても傷つくわ。

確かなのは、私たちは自分自身をちゃんと愛していないということね。私は悪者だと言うのも自分を愛していないからだろうし。人は小さい頃から自分を愛するべきだと思うわ。

そんなことから、私は自分を変えるだけではなくて、自分が小さく脆いものだと自覚することも大切だと思うんです。たとえそうであっても、そういう自分を愛するべきだし、周囲もその人のあるがままを受け入れるべきだと思うわ。

パウロ　君の話はちょっと違うようだね。私はそんなふうには見ていない。つねに変化が存在しているのだから、すべては流動的なものなんだ。それなのに罪悪感が私たちを停滞させてしまう。人は何かを目にし、罪悪感で動けなくなる。自分が価値ある存在だと思えなくなるから。私がここで初めに口にした言葉は「私は何てくそったれなんだ！」だったよね。それは、君たちにどんな質問にも難なく答える賢人を前にしているという先入観を持たせず、ごく普通の人間を前にしていると理解してもらうためでね。私自身のとても良い助けになった。君たちに対して偽りの姿を作り出すことを避け、最初の瞬間からありのままの姿を受け入れてもらうためにね。これに対しては、ばかげた罪悪感はないよ。

マリア　でも、まずは自分を愛することから始まって、その後、ありのままの自分を見せることに恐怖心を持たなくなるものでしょう。だって、いくつもベールを持っていたら、それはしない、それは言わない、それに触れるのは都合が悪いって……。

パウロ そうだね。

アナ 私はマニュアルから一歩飛び出すための基本は、人間として自分にはそのマニュアルを超えたものに触れる可能性や権利があるということを受け入れることだと思います。

パウロ それから罪はないということもね。私はいろいろと考えるところがあってね。キリストの起こした最初の奇跡を例に挙げると、あれは政治的には正しくない奇跡だったと思う。彼が初めにしたのは、盲人の目を治し、不随者を歩けるようにすることではなく、水をブドウ酒に変えるといういわばとても世俗的で、およそ神聖とは言えないことだった。それは単にブドウ酒がなかったからだ。とうてい人類を救うために重要なことだとは思われない。まったくね。カナンの結婚式でブドウ酒がなくなり、キリストは、さてどうしようか？ と自問し、迷うことなく、自分は水をブドウ酒に変える力を持っている、それを使おうと決める。それどころか極上のブドウ酒に変えてしまうんだ。私にはこの象徴はこう言っているように思えてならない。〝見ていなさい。私は大きな苦悩の時期を通ることになるだろうが、それは苦悩の道ではなく喜びの道だ〟と。そこには避けられぬものが存在し、私たちを待っている。だが『第五の山』でも書いているように、人はそれを回避することも見つけ出すこともできない。

フアン それはいくつかの宗教の過ちの一つだと思います。犠牲的行為を目標に掲げてのね。私はよくこんなふうに話すんですよ。福音書でキリストは痛みに直面するたび、それを取り除いていたはず。果たして「よろしい。痛みとともにあれ。然らば身の証も立てられよう」なんて言っただろうか？ と。そんなわけがない。彼は苦悩する者たちの姿に耐えられなかったから、病を患った人々、特により辛い思いをしていた貧しい人々を癒したのでしょう。

パウロ　まったく同感だよ。私が人生で直面せざるを得なかった苦痛は、確かに避けられないものだったが、私は犠牲的行為としてわざわざ求めたわけではなかった。犠牲という言葉は聖なる職務に由来する。つまり、自分がしていることに対する何らかの責務と大いに関係しているんだ。一つのことを選択するため、何かを断念する必要に迫られることはあっても、自己を放棄するという犠牲的行為には何の意味もない。

マリア　それはきっとうまくその問題を扱っていないからだと思うわ。何より重要なのは自分を犠牲にすることではなく自分が愛されていると感じることだし、そこからすべてが変わっていく。だから宣教師たちは「愛の前に人は皆平等だ。犠牲や苦痛が大切なのではなく、愛されていると感じていることが重要なのだ」と説いているのね。

ファン　それはすでに犠牲ではないからね。愛は犠牲に耐え得る。断念しなければならない、他人を受け入れなければならないという行為にも耐えられるものだからね。だけど、それによってもたらされる報酬はもう犠牲とは呼べないだろうから。ここリオデジャネイロには四百人ものホームレスの人々に毎日食事を提供している聖職者がいるんだ。彼は自分が幸せ者だと感じている。もちろん彼の人生はけっして美しいものではない。日々四百人分の食べ物を探し、彼らとともに生活しているわけだから。でも私は間違いなく、彼が心底自分は幸せだと感じていると思っている。それは、誰もが犠牲だと考えていることが、彼にとってはそうでないからだよ。もし、彼が犠牲と捉えてそれを求めているとしたら、マゾヒストになってしまうからね。

マリア　そうなると健全ではないわ。

フアン　それに幸せではないだろうね。

マリア　たとえば、何かを学習中に間違えた時、「さあ、もう一度やってみよう！　今度はどうかな？」と声をかけてもらえたら、私はうまくできるまで喜んで繰り返すけれど、「ばかだなあ！」なんて言われたら、さっさと止めてしまうわ。それでは悪くなるように仕向けているようなものでしょう。

パウラ　自分をもっと自由にさせるという先程の旅の概念について話を戻したいのですが。私は一つ問題だと思っていることがあります。旅をしているあいだはより楽に自由になれ、アイデンティティを探し、自分自身に出会える。それはとても自分を豊かにしてくれる、自分に恋するような状態だと思うんです。愛について書かれた『きみを愛してる』という本を読んだことがあるのですが、旅というものはさまざまな出来事から突然自分を解放してくれる恋愛と一緒だと感じました。ところで、問題は旅から日常の現実へ戻った時に起こるんです。実生活では、私が旅先で見つけたようなものを発見していない人たちと共存していかなければならないから。どんなにがんばっても、いまだにマニュアルに引きずられそうな気がして。というのは、まだ私自身矛盾を抱えたままだからなのですが、彼らもそのことに気づいてくれたらなと思う一方、気づくべきだわと思って悩んでしまって。

パウロ　そうだね。大きな問題がそこには存在しているから。この海岸でもよく見られる光景だよ。午前中、まったく人気《ひとけ》がない海岸へ子供を連れた母親がやってきて腰を下ろす。次いでボールを持った少年たちがやってくる。その後、超ミニのビキニ姿で男どもを悩殺したい美女たちが現れる。そこへもう一人、先程とは別の母親が子供を連れてやってくるが、引け目を感じて若い美女たちには近寄らず、ボール遊びをするわけでもないから少年たちのところにも行かない。当然、先に来ていた母親の傍に座る。双方の子供たちは遊び始め、今度はかっこいい若者たちがやってきて美女たちの横に陣取る。海岸は一つの世界を整え出すんだ。わかるかな？　次第にいくつかのグループが生まれる。子供を連れた母親のグループ、少年たちのグループ、ガールハントを目的とする若者たちのグループ。自然発生的に形成されていくが、それらが理にかなった同質の組織体へとみずから発展していくには時間が必要になる。それを私たちが変えることはできない。子持ちの母親は子持ちの母親同士で、スポーツ好きはスポーツ好き同士で満足している。それが彼らの神を崇拝するスタイルなのだからね。同一化のプロセスが存在しているんだ。

だから、私は頻繁に光の戦士のことを引き合いに出すんだ。この人は自分が探し求めているのと同じものを望んでいるな、と直感的に感じる誰かの視線を突然見つける場があるんだよ。たとえ私たちが不完全で、多くの問題を抱え、臆病な時期であったとしてもね。あの人も自身の価値を認め、自分を変えていく能力があり、歩き続けている人だと感じるんだ。

だからね、パウラ、人々を説得しようとするのではなく、君と同じような考えを持ち、社会のなかで孤立している人と出会うべきなんだよ。私の言ってることがわかるかな？　はっきりしているかい？

パウラ　問題は、そういう人がごく少数派だということです。今までに私が出会った範囲では、ほとんどいなかったわ。

パウロ　たくさんいるよ。興味深いのは一人の作家や一冊の本が多大なる触媒役を演じていることだよ。ヘンリー・ミラーの作品を読むと彼と共通するものがあることに気づくし、それはボルヘスであっても同じだ。そうなると、本や映画、芸術作品全般は非常に大きな触媒効果を持っていることになる。

くれるからだ。自分一人ではない、あるいは同じような考えを持っている人がいるということを認識するのを手伝って

ファン　たとえば、機内である人がある特定の本を読んでいるのを目にしたら、その人と話ができるということ。君たちにも、もうわかるだろう。

パウラ　ある時、父と祖母と一緒に列車でサラゴサの親戚の家へ向かう際、『ブリーダ』を持った若い女性の隣に座ったんです。実はその前日、マドリッドのブックフェアで『第五の山』を買おうか『ブリーダ』を買おうか決めかねて、最終的に『第五の山』を選んだあとだったもので、相手が手にした本を見て、まあ、何て偶然、昨日この本を見ていたばかりなのにと思いました。結局、こらえきれずに声をかけ、そのことを話したら、彼女はこう答えたんです。「私も『第五の山』にするか『ブリーダ』にするか迷ってね。『第五の山』？　ほら、バッグのなかにあるわ」。さらに彼女がサラゴサに住む私の叔母の友人の娘だということも判明して。私はどこかに隠しカメラでも仕掛けてあるのではないかと辺りを見回してしまいました。だって、あまりにできすぎていて準備されていたとしか思えなかったから。

パウロ　すごく良くわかるな。私も時々、自分に起こっていることを誰かが撮影しているのではないかという気持ちになったことがあるからね。

パウラ　それから、時々、成り行き任せに聖書を開くと、まるで自分に向けて語られているような部分に当たったって、こんなことってあるかしら？　と思うこともあります。

パウロ　まるで天使が誰かの口を使って語るようにね。

ファン　しかし、その本の話はとても意味深いものだと思いますよ。自分が好きな種類の本を持って

いる人を見つけたら、即、話ができますからね。自分がまったく知らない本を読んでいたらあえて話しかけようとはしないでしょうが、自分の良く知っている本だったら、すぐにその人が自分と同じ波動にある人だと気づきますから。

パウロ　パウラ、君はサラゴサ出身なのかい？

パウラ　家族は皆アラゴンの出身ですが、私とアナはマドリッドで生まれました。

ファン　マリア、君は？

マリア　私もマドリッド出身です。

パウラ　私は建築学を専攻していて、芸術にとても興味を持っています。モダンアートには濃縮された情熱がたくさん詰まっていて、アーティスト本人と直接知り合う機会もあるかもしれません。それにたった一枚の絵にも現代人のさまざまな心の動きが語られていることがわかります。あなたはモダンアートについてどうお考えですか？

パウロ　芸術とは一時代の象徴であると同時に、次世代に向けたある種のメッセージだと思う。

パウラ　私もそう考えています。

パウロ　芸術と流行とを区別すべき重要な時期が来ているのは確かだ。一つの歴史を語るにはいくつもの方法があるけど、なかでも建築は最も驚異的なものの一つではないかな。なぜなら、人類の歴史は建築によって語り継がれているからね。たくさんの理論があって、建築物に関する書籍が山ほど出版され、ありとあらゆる知識が反映されている。そして、それこそピラミッドから始まってゴシック様式の大聖堂を通り過ぎ……ているかどうかは、知らないけれど、建てるだけが目的ではなかったことがありありと見てとれる。その時代の生活や歴史、信仰、一時の流行ではなく自分たちの知っている最良のものを次世代へと残そうとした苦労の跡が存在しているからね。モダンアートは独特の誇張を持っている。時には、何の芸術性もなく訴える力もない、人の心を打つに値しないのもあるけど。芸術でないものを芸術と呼ぶ傾向もあるよね。つまり芸術とは、人間が生きているあいだに認識したものを、人生のキャラバンに伝達すること以外の何ものでもないんだ。

ファン 根本的には芸術は旅ですからね。

パウロ 旅のメタファーで表すなら、私は人生を〝どこからやってきて、どこへ行くのかわからないキャラバン〟と捉えている。旅のあいだにキャラバンでは子供たちが生まれ、おばあちゃんの経験してきた物語を聞かされながら育つ。やがて祖母は死にゆくが、今度は子供たちが祖父母になって孫たちに自分たちの旅について語り、死んでいく。歴史はその世代の体験として代々、直接心に語り継がれていく。そして一般的に芸術とは、錬金術の用語を使うと、私たちがものごとの真髄を伝達していく手段なんだ。なぜなら、マドリッドの三人の女子大生や「エル・パイス」紙の記者、女流詩人、さらにもう一人の偉大な詩人がここで出会った一九九八年の世界はどんなだったかなんて、私には説明できないからね。そんなことは誰にも説明できないよ。

しかしながら、私たちにはそれを語るための詩があり、絵画があり、彫刻があり、建築物があり、そこに感動が表現されるんだ。いつの日か孫たちが、建築家だった先祖が内面を表現した建物の前を通り、それを目の当たりにする。おそらく彼らがそこからすべての歴史を感じ取ることはできないだろう。今私たちがワインを飲みながら、いったい誰がこのブドウを収穫したかを知ることが不可能なのと同様にね。でも、私たちがこのワインを味わっているように、彼らもその建物を愛でるだろう。それがものごとの真髄だ。

ファン　哲学者フェルナンド・サバテルが私との対談集のなかで、「人間が築き、痕跡を残す行為、芸術、建築といったものはどれも、自分がいずれは死ぬことを知っているから成されるものだ。反対に動物はみずからが死ぬ運命にあるとは知らないから跡を残さない。そんなわけで文化が生まれたんだ」と語っていました。

パウロ　それはたぶん、私たちの永遠に対するあこがれだね。子孫を残し、建物を築き……もちろん別の理由だってあるだろうが、そうでなければ子持ちの芸術家が存在するはずがない。子供を授かった時点ですでに揺るぎ得ない何かを残したことになるんだから。人は生命を愛するがゆえに、分かち合うためにそれらのものを残しているんだと思う。それは死に向かっているからではなく、自分たちのなかに共有したい愛のようなものが存在しているから。この愛が私たちを満たし、そして満たされた瞬間、これを他の人々にも知らせなければというインスピレーションを与えられるんだ。

アナ　そしてまた、その愛を語っていかねばならないのだと思います。なぜなら、作家はその役割、つまり人生を語る役目を担っているのですから。

パウロ　人生を体験する役目もね。受け入れ、変化させ、分かち合う。『星の巡礼』でも述べたように、アガペーとは愛を超えたところにある無条件的絶対愛で、分かち合うべきものなんだ。

ファン　今述べた愛についてですが、どのようにしてアガペーとエロスを区別したらよいのでしょうか？『星の巡礼』では愛を三つのタイプに分類されていましたが。

パウロ　エロスは男女間の性愛としての愛。フィロスは知性への愛。そして、アガペーは好き嫌いを超えたところに存在する、いわば神の人間に対する自発的、無条件的絶対愛だ。キリストが「汝の敵を愛せよ」とよく口にしていたものだよ。

私たちは敵や迫害者についていろいろと語り合ってね。私はファンに、自分の敵を愛することも、象徴的に情け容赦なく殺すことも可能だと言った。これが私の本当の人格であり、私の人生を見つめる態度でもある。対立の概念を創造の中枢として捉えているんだ。人生は闘争であり、『星の巡礼』で何度となく登場する大いなる闘いであり、善し悪しに関係なく、つねにエネルギーの対立なんだ。たとえば、私がある行動を起こせば、大気中の五十もの原子、または分子に影響を及ぼし、それは他の物にも及んで、遥か宇宙の隅々まで響きわたるだろう。私の動き、発する言葉、考えることはことごとく、何かと何かのあいだで起こる衝突の引き金となる。ビッグバン理論に象徴されるように、衝突の始まりに起こる爆発は創造の基本だからね。

何歳の頃だったかな？　たぶん十八歳だったと思うが、今でも深く印象に残っている本を読んだ。『マハーバーラタ』という古代インドの聖典だ。この本はインドとその歴史についての長い叙事詩で、のちに非常に退屈な映画が作られた。あなたがたスペイン人にとっての『ドン・キホーテ』のようなものだ。

ある王が王位を自分の息子ではなく甥に譲ったことから同族間戦争へと発展するというストーリーでね。抗議した息子が宣戦布告すると甥は受けて立ち、一触即発の状態となる。盲目の王は息子と甥の両陣営を見渡せる山の頂にいて、それぞれの軍隊は軍旗を掲げ、兵士たちが弓矢を構え……今にも大戦争が始まろうというその時、神が見物にやってくる。ある師団の将軍がみずから戦車を操って一人戦場の真ん中へ飛び出していき、弓矢を放り投げ、神のほうへと向き直ってこう叫ぶんだ。「何てことだ！　今からここで起こるのは大殺戮だぞ！　皆で殺し合い、死んでしまう。一族が、善良な人々が敵味方に分かれて戦うなんて。わが師が一方に、わが母が他方に与《くみ》して殺戮を繰り広げるなんてまっぴらだ。私は戦いを放棄し、みずからを生贄として捧げる」。すると、神はこう答えるんだ。「何をしておる？　戦闘はこれからだろう。まだ疑問を持つ時ではない。人生が今自分に戦いを必要とさせているのなら戦うのみ。さあ、行って戦い始めよ！　議論するのはそのあとだ。今この瞬間、おまえの目の前にあるのは戦場なのだから」。

実際には、神は彼にこう言っているんだよ。「おまえが目前にしている闘いは、宇宙の変化の一部だ。それは宇宙のすべての力のあいだにおける健全な衝突の一部だ」とね。

ファン　つまり、闘いの鍵は宇宙にあると。

パウロ　極論を言えばすべては衝突ということになるが、これは悪い意味での闘いではなく良い意味での闘い。今の話にあったように戦いへと私たちを押しやるような、変化としての闘いだ。旅を終えて家に辿り着き、さあ、これからどうしよう？　と思う。そこには衝突が生まれるが、これなどはポジティブな衝突だ。前へ進み続けさせるものだからね。

ファン　必ず選択しなければならないということでしょうか？

パウロ　瞑想と大いなる闘いという二つの伝統的な道から一つを選ぶことはできる。だけど、選択は必ずしなければならない。もし自分がトラピスト修道士や仏教の僧だったら、修道院に入り、四六時中瞑想にふけるだろうけど、行動が性に合っている人間なら、より闘争精神の旺盛なイエズス会士になるだろう。いずれにしても動的なヨガか静的なヨガ、どちらかを選ばなくてはならない。立ち止まることはできないよ。神が言ったように、そこにあるのは変化なんだから、善いも悪いもないいんだ。変化が起こっている時、私たちはよくものごとを善し悪しで捉えるけれどね。

ファン　ですが、時には、善悪の力を区別するのが容易ではない場合もありますが。

パウロ　闘いの最中には確かにネガティブな力を感じるものだ。だから別の言い方をすると、ネガティブな力との闘いとも言える。『ピエドラ川のほとりで私は泣いた』の一場面は実際に私の身に起こった出来事なんだ。オリテ滞在中のことで、サラゴサ出身の素敵なスペイン人女性のガイドと一緒でね。教会を訪れようと、開いたままの扉からなかに入ろうとしたら、入口にいた一人の男性が私に「入場はできない」と言った。「どうしてですか？」と訊くと、「正午だから閉館だ」と。頼むから入れてほしい。自分はスペイン人ではなく、ここにそう何日も滞在するわけではないんだ。五分でいいからと頼んだよ。しかし、「入れることはできない。三時にまた来るんだな」とのつれない返事。ほんの何分かお祈りをするだけだから入れてくれと懇願したが、相変わらずだめの一点張りだ。とうとう私は宣言した。「だめなんてことがあるか？　私は入るよ。あなたはそこで見張っていればいい！」とね。だって男の言い分には何の論理もなかったから。彼はずっとそのままそこに居続けるつもりだったろうからね。

今思えばあの男はね、法や権力などに反してノーと言うべき瞬間のシンボルだったんだ。敵対する人物が現れる瞬間。旅行中の私、象徴的に言えば戦士が、男と死闘を繰り広げる、やるかやられるかの、もしかしたら相手のほうが自分よりもっと強くて、殺されてしまうかもしれない瞬間だ。ひどく屈辱的な経験だったけど、私は闘うことが好きだからね。

ファン　そのことは、イエスの弟子たちが土曜日の安息日を破っていると非難された時、土曜日は人間によって作られたものであり、人間が土曜日のために作られたのではないと言って、イエスがパリサイ人たちを非難したのと似ていますよね。

パウロ　そのとおり。二つのエネルギーのせめぎ合いさ。もっともっと先へ行くんだから、結果を気にせず前に進み続け、妥協しないこと。自分を信頼し、先程から話していた極みへと飛躍するんだ。私は別にその男性を傷つけないし、まして食事の時間で去らなければならないのに、無理に引きとめているわけでもない。そうではなく、彼自身が規則で禁じられていると思い込んでいるから、私が入ろうとするのを阻止しているだけだ。私はそれを認めない。だから規則を忘れ、象徴的に彼を殺すんだ。

ファン　福音書でイエスが両親に従わない場面とも関連しているとは思いませんか？

パウロ　間違いなくね。イエスは頻繁にマリアやヨセフと対立していたから。

ファン　多くのカトリック信者にとっては、少々ショッキングなエピソードですよね。

パウロ　マリアがイエスのもとを訪れ、弟子たちに母親が来ていると伝えてくれと頼むと、それを聞いたイエスが答える。「私の母親？　一体誰のことを言っているのですか？」

パウラ　以前はその話を母親や兄弟たちに対しての拒絶と捉えていましたが、今ではそれは単なる拒絶ではなく、それ以上の大きな志があったからだと理解しています。

ファン　いや、私はむしろ、この道を進むべきであり、それを阻むことはできないという意味だと思うよ。

パウラ でもそれは大志の意向があったからでしょう。現代人の認識かもしれないけれど、もし私が、そう自分の母親に対して言ったとしたら、彼女は気分を害するでしょうけど、もしそれが大志を抱いているからだと理解してくれたら、それほど悪くは受け取らないと思うわ。

フアン もし、母親が気を悪くしたらとか、あるいは、自分の道を進むのを阻まれるのではと恐れて言わなければ、君がそれを選択したことになる。パウロはね、たとえ母親を苦しめることになっても自分の道を進むことを決断しなければならないと言っているんだよ。母親を愛していないということではなくて、君が持っている母親に対する愛情、母親を拒絶できない愛情と、自分自身への愛情、自分の道を進ませようとする愛情とのあいだでの対立。この対立では君自身が決断を下す必要がある。

パウロ 家族との対立は基本中の基本だよ。私は自著のなかで頻繁に自分の両親との徹底的な対立について述べているけど、彼らには感謝しなければならないよ。なぜなら、彼らも私と真っ向から対立し、私を鍛え、私に反対し、大いなる闘いを引き起こしてくれたわけだからね。

パウラ あなたは一瞬一瞬を大切に生きることを説いていますが、人生の背後にはさまざまな出来事が待ち受けています。ことあるごとに教会に入るか否か決めているようでは、自分の道を何が起ころうと進んでいくということにはならないのではないでしょうか。それとも、すべてに立ち向かうべきだとお考えですか?

パウロ いや、完全対立ではない。そんなことをしていたら一日しか持たないし、エネルギーがなくなってしまうよ。だから『第五の山』では、終始一貫して厳格と慈悲のあいだのバランスを保っているんだ。ノーと言うべき瞬間と、行き着くところまで完全に委ね、導かれるままにする瞬間がある。これは決断能力とはまったく関係ないし、決断するのを止めることでもない。導かれるままにするか、それとも立ち向かうかを自分で決めるということだ。しかし、決断はするんだよ。けっして十字路で立ち止まったりしない。

ファン　十字路はすべての宗教において、神聖視されていますね。

パウロ　そう。十字路の神メルクリウスをはじめとしてね。ここブラジルでは、いまだに金曜日の晩、あちこちの十字路に食べ物が供えられるんだよ。それというのも、十字路はあらゆる宗教において神々が見ている場所だからなんだ。

マリア　つい最近、家でコスモス（調和）とカオス（混沌）について話していたんです。カオスはコスモスを形成する一部で、唯一存在するのがコスモスなのだから、カオスをも含むすべてのものに意義があるって。その上で、富裕層からなる地域と貧しいスラム街ファベーラという大きな落差が存在するリオを例に挙げました。このリオの町はカオスもコスモスの一部だという好例です。そうなると十字路も、あなたがおっしゃっていたような危機的な瞬間も、皆コスモスということになりますよね。どちらか一方を選択しなければならないとわかっていても、良いか悪いかはわからない何かに向けて飛び出す途中で立ち止まることだって選択の一部では。そのような時もまた大切なのではないかと思うの。

それに人生でたくさんのことを決断し続けていけばいくほど失敗はつきもので、自分の小ささゆえに失敗を繰り返していき、たぶんこっちではなかったとか、危機的状況にあって道を変えなければならないことに気づくでしょうから。

パウロ　それが問題なんだよ、マリア。多くの人が私にこう尋ねるんだ。「でも、もし私の人生で、こういったことやああいったことが起こっていたとしたら……」。私の辞書にはこのような仮定条件の〝もし〟がないんだよ。いったい私の辞書に何千単語含まれているかわからないが、この〝もし〟はない。仮定条件の〝もし〟は私を滅ぼすことさえできる。なぜなら私が自分の道を選択し、決断を下した瞬間、うまくいくにせよいかないにせよ、それは私がした一つの決断だ。だけど、もし私が「ああ！もし、ああしていたら……！」と考えたら、すべてを台無しにしてしまうよ。

マリア　でも、これは私の考えですが、問題なのはある一つの道を決めることはできても、その道の良し悪しを知ることができないということでしょう。でも、そんなの誰にもわかりっこないわ。だからきっと、迷うのも良いことなのではないかしら。危機に直面している時には、判断のしようがないのだから。

パウロ　ごめんね、マリア。でも、君が今言っているのは信頼のことであって、迷いというのは信頼とは関係ないことだよ。迷いは決断の瞬間に起こるが、その時だって自分を信頼しているんだ。わかるかな？　人は一生、迷いを持って道を歩き続けるだろう。私もつねに迷いを持ち続けてきたし、それはますます大きくなるばかりだけど、だからといって、それらが私の決断を妨げはしない。迷いというものは私が間違っているか否かという類のものではないんだ。事後に反省できるんだから。私が自分の人生を通して見てきたことは、たえず自分の過ちを正す可能性、セカンド・チャンスが存在するということだよ。

マウロ・サーレス（以下マウロ）　ありがたいことだね。いつでも挽回できるチャンスがあるなんて。

パウロ　本当にありがたいことさ！

マリア　でも、私たちが話していたのは飛び出したあと、つまり決断後のことで、迷いを持っていたお蔭で、あるいは前もって変更したお蔭で、人生を再出発するということです。それが迷いであり、危機であり、十字路なんです。自分の持っているものではどうすることもできないということが、結局は自分を探求へ、旅へと向かわせ、自分の道を見つけさせるために対立させたり、苦闘を引き起こしたりする。だから、結果的にはそれらの危機は好ましいものだったということなんです。

パウロ　危機というのはつねに望ましいものだよ。それは何らかの決断を下さなければいけない瞬間だからね。

パウラ　近々、リオにやってくるイタリア人の友人がいます。彼女とはイギリスを旅行中に知り合ったのだけれど、こんなことを話していました。「私は知らず知らずのうちに完璧主義に取り憑かれていたの。それで何度となく、自分を取り繕って、完璧に見られるように努力していたわ。パウラ、私は古いタイプの教育を受けてきたローマっ子だけど、あなたには完璧という言葉の意味がわかる?」。私がわからないと答えると、彼女はこう説明してくれて。「完璧であるとは、善と悪が両方揃っているってこと。悪の部分がなければ人は完全にはなれないわ。ただし、両者のバランスを保てることが肝心よ。それが完璧な人間になるということなの」と。このような捉え方は人を解放し、自分の人間性を、さっきマリアが言っていた、カオスとコスモスが存在するのが自分だということを受け入れさせてくれると思います。

パウロ　イエスもまた、誰かに「あなたは善の人だ」と言われて腹を立て、「神のみが善だ」と反論していたよね。

マウロ　中国人は危機という言葉をチャンスと捉えていると言うからね。

パウラ　リオに出発する間際、ボーイフレンドが空港でそれとまったく同じ言葉を贈ってくれました。危機ではなく試練という言葉でしたが、「パウラ、中国人は試練をチャンスと捉えているよ」と。

マウロ　パウロは巡礼や道について、自分自身のアイデンティティを見つけるための一つの探求だと話していたね。そうすると、その探求にはいつか終わりが来るのか、それとも永久に続くのだろうか？　もう一点、それは出来事なのか、それとも過程なのだろうか？

パウロ　さすがマウロ、いい質問だね。

マウロ　なぜならこの質問の後には、巡礼の意義を正当化するか、しないかという話になるからね。

パウロ　確かにそうだ。私はいつも、有名な問いである「私は誰？」に対する答えを探そうとしてきた。今はもう探そうとは思わないがね。なぜかと言うと、もうそれは問いではなくて「私は私」という答えだからだよ。私である瞬間から、私であるべきなんだ。だからその問いに答えることはできないし、完全に私でいるべきだと思うんだ。これはモーセが神に「あなたは誰ですか？」と質問し、神が「私は私である」と答えたのと同じだよ。私たちは私たちだ。それ以上のものではなく、そしてここに存在している。その瞬間から、巡礼が始まるんだ。以前は目的を持ってしていたわけだし、もちろん、目的を持つことや考えを持つこと、自分の人生を少し組み立てることはとても大切なことであり続けていると思うが、今では道というのが大いなる喜びであると理解してきているんだ。

マウロ　つまり、目的というのはプロセスであるということだね。しかし、終わりが見えないとなると、巡礼あるいは別の形で内面・外面の探求をする多くの人々にとって、大きなフラストレーションとなるね。なぜなら、開始時に真の意義が理解できていないからだ。ここで忘れてはならないのは、われわれは皆、それぞれの方法で個々の動機があって探求をおこなっているということ。たぶん今ここにいる皆は、そのプロセスの意義を理解していると思うけど、もし、それを理解できていない人が参加していたとしたら、たとえいろんな意見を聞いて感心させられたとしても、大きな混乱を抱えて帰ることになるだろう。

パウロ　そうだね。話があっちこっちへ飛んで恐縮だけど、ギリシアの偉大なる詩人カヴァフィスの詩に『イタカ』という素晴らしい作品がある。イタカは戦いのあと、ユリシーズが帰るべき町だ。「イタカへ還る今、その道のりがとても長いものとなることを私は望む……」と始まり、最後はこう結ばれる。「イタカに辿り着いたら、哀れな町を目にするだろう。だが、けっして失望することはないだろう。なぜなら、イタカが私に旅をさせた。それが、イタカの意義だったのだから」。まったくそのとおりだと思うよ。

初めてサンティアゴ・デ・コンポステーラの大聖堂を目の当たりにした時、それは衝撃を受けたよ。「ここが巡礼の初めに辿り着きたくてたまらなかった場所だ。だけど、それが終わった今、一つの決断を下さなければならない」とね。そこまでは巡礼をしなければならないという明確な目的を持っていたが、辿り着いたとたんに考え込んでしまったんだ。「で、これからどうする？　大聖堂で何をするんだ？　今までの経験を生かしてこれから何を？」。だから、旅の意義はスペインの詩人マチャードの詩そのものなんだ。「旅人の前に道はない。旅人の後ろに道ができる」

マウロ　ジャクリーン・ケネディの葬儀を思い出すよ。とても厳かな葬儀の場で、晩年の伴侶だった彼女の夫がどんな弔辞を述べるだろうと参列者たちが注目していると、パウロが今、口ずさんだ『イタカ』の詩を詠むだけにとどめたんだ。

パウロ　本当かい？　それは知らなかったな。

マウロ　先程、十字路の話の前に、イエスかノーか、前進か後退かと話していたね。実はメモを取りながら思ったんだが、道を歩む上で最も危険な感情は〝たぶん〟とか〝おそらく〟というような過去の十字路の振り返りを許すことだろう。これらは人を停滞させ、道を遮断し、前進・後退という二つの行為を反省させる言葉だ。パウロは、このことは迷いとは何の関係もないと言ったが、残念ながら多くの人は〝たぶん〟が行動の一つの形だと信じている。迷いと信頼の区別がその人のなかでなされていれば、この迷いは健全なものとなるが、そうでなければこの〝たぶん〟は健全ではなく、むしろ行動の妨げになる。

アナ　人間にとって最悪の悲劇は選択をしなければならないことだと思います。なぜなら、人は、本当は両方の道を生きてみたいものだと思うから。でも、どちらか一方を選ばなければなりませんね。

パウロ　だが、その考えは一つの罠だよ。なぜかと言うと、選択した場合はすべての時を同時に生きている。すべてをだよ、すべて。自分の決断能力を行使した瞬間から、すでにその道には、すべてが集結された道が存在しているんだ。

アナ　でも、たとえば一方の道を選んだら、別の道を通っていれば経験していたであろうことを捨てたことにはならないのですか？

パウロ　いや、そんなことはない。それはメタファーではなくて事実だよ。前にアレフについて話題にした時、すべての道は一つの道だが選択はしなければならず、選択したあとは選ばなかった道もすべて生きていくことになるという話をしたんだけど、これなんかは一種のメタファーだね。何一つ断念する必要はない。自分が選択した道にはすべての道が含まれているんだから。

イエスの話に戻ると、彼は「私の父の家には、住まいがたくさんあります」と言っていたよね。すべての道は同じ神に行き着く。これをとても個人的に解釈すると、私たちにはそれぞれの道があり、選ぶのは本人だ。しかし、選択の仕方は百も二百もあるということ。昔の人はよく「死ぬ方法は八ないし九通りある」と言っていた。もし、自分の道を選べば、それが自分の使命であり、運命であり、伝説なんだ。そこで絶対にしてはならないのは、父親の道や夫の道を生きることだよ。それは自分の道ではないし、結局、人生の終わりに辿り着いた時には、自身の経験を何もしていないことになるからね。

さて、それでは今から少し飲んだり食べたりして、その後、話を続けようか……。

（作家は女子大生たちと交わされた会話のレベルにとても満足した様子だった。そして、彼の満足感は参加者全員にも伝わった。コエーリョはハムとチーズをつまみに彼女たちから贈られた美味しいイタリアワインを味わうため、対談の一時中断を提案した）

アナ　ところで、お訊きしたかったのですが、この本のために、これほどまでにご自身の内に秘めたストーリーをファンに語ることに恐れはなかったのですか？　だって、裸同然の状態になるわけでしょう？

パウロ　いや、裸になることに対する恐れはない。むしろその逆だな。これは作家の一つの義務だと私は考えているからね。本の後ろに隠れて別のイメージを作るのは簡単なことだけど、のちのち作られたイメージに追い回されることになるからね。私は過去に音楽の分野でそれを体験した。私たちはある役割を演じるよう強いられ、それを演じ、二、三年後、悲劇に見舞われた。以来、作られた大物にはならないと自分自身に誓ったんだ。大物であってもいい。だが、真の自分でありたい。けっして他人によって作られたイメージではない、自分のままでね。

アナ　でも、多くの読者にショックを与える可能性もあるから、それなりの覚悟も必要だと思います。

パウロ　そうなってほしい。そうなってほしいよ。イエスがその辺のことをうまく言い表していた。「真実を知ることは、われわれを自由にしてくれる」とね。おそらく自由になる唯一の方法は真実を通してなんだと思う。そのことが私に書き続ける力を与えてくれているんだ。今、私がファンとしている、何一つ隠すことなく私の人生のすべてを語るという行為はね、私自身はこの本が出版されてから向こう二十年間は、自分の人生を再び語ることがないことを願っているんだけど、現時点では政治的に正しくないことかもしれない。だけどいつかきっと、人々は私を理解し尊重してくれるようになり、私自身もっと自由な気持ちになれるだろう。そうすれば、読者たちも私の真の姿を理解し、ありのままの私を受け入れてくれるに違いない。たとえ私自身がたえず進歩と変化の過程にあってもね。

パウラ　作品を執筆している時には、何を探求しているのですか？

パウロ　私自身だよ。なぜかと言うと、私は何人ものパウロ・コエーリョであり、自分の人生でつねに精神的変化を遂げてきて、いまだに自分のすべてを理解していない。だから、まさにその瞬間の自分を知るためにも、私は作品を書いているんだ。

その後、変化が見られたらまた別の本を書かなければならない。そうすることで、自分のなかのたくさんの変化や異なった側面、さまざまな色調を共有することができるからね。自分自身に誠実・正直でいる限り、と言っても、これは容易なことではなく、規律の訓練でもあるんだが、自分は作品と一致しているわけで、その同一性があれば、確実に言葉の向こう側にある主体的なエネルギーを伝えることができるだろう。

おそらく私の世界的成功を説明できる唯一の理由はこれではないかと思うよ。つまり、私が伝えているのは、私の著作に書かれている言葉を超えた何かなのだと。だけど、それが何かを説明するのはとても困難だけどね。

マウロ　役割と言えば、ゲイリー・クーパーがハリウッドである映画の撮影を始めた時、監督のジョン・フォードに脚本を渡されてこう尋ねたそうなんだ。「この映画でゲイリー・クーパーが演じる新しい人物の名前は？」。それというのも、それまで彼が演じていたのはゲイリー・クーパーの役だけだったんだよ。そこでジョン・フォードは、「心配ない。ゲイリー・クーパーではない役割を演じてもらうから」と答えたらしい。アイルランドで制作された『烈風のあと』† という映画で、共演はモーリーン・オハラだった。ある小さな町で起こった伝説で、アイルランドをルーツとするジョン・フォードが撮った愛の物語だ。ゲイリー・クーパーが唯一ゲイリー・クーパーではなかった映画で、確かオスカーを受賞したんだと思う。

パウロ　さて、私に対する質問がこれでおしまいなら、ここからは私がファン・アリアスにインタビューするよ。ローマ法王ヴォイティワとバチカンに関してファンが本に書いていたことを深く知りたくてね。とっても興味があるんだ。

その後、コエーリョと私の二人きりの対話は何日間も続けられた。しかし、どうしても私は本書のフィナーレをこのブラジル人作家と予期せぬ読者との出会い、つまり、かつてカルロス・カスタネーダの著作がそうであったように、彼の作品に関心を寄せ、それらを自分自身の運命の探求を振り返る際の糧としている、世界中の多くの若者たちの象徴とも言うべき、この三人の若き女性たちとの出会いのシーンで締めくくりたかった。

---

†訳注――ゲイリー・クーパー主演の『吹き荒ぶ風』、もしくは、ジョン・フォード監督、ジョン・ウェイン、モーリーン・オハラ主演の『静かなる男』と取り違えている可能性がある。

訳者あとがき

「今後二十年間は自分の過去を語らずに済むことを願う」

『アルケミスト』(一九八八、以下コエーリョの邦訳はすべて角川書店から刊行されている)の爆発的ヒットで一躍世界に名だたるベストセラー作家となったパウロ・コエーリョ。著作は六十七の言語に翻訳され、全世界における総出版部数は五千万部を優に突破、洋の東西、信教の違いを超えて五大陸で愛読されている。二年に一度の割合で刊行される小説の執筆に専念する一方、招請に応じて世界各地を来訪、国籍の別や社会的地位を問わずあまたの人からひっきりなしに届く便りに目を通し、読者との交流を欠かさない。まさに一秒たりとも無駄にできない超多忙な売れっ子作家だ。その彼が一週間もの期間を割き、全面的に信頼を寄せて胸の内をことごとく吐露。冒頭の言葉を漏らさせ、対談後に厚い友情を結ぶことになったインタビュアー、ファン・アリアスとはいったいどんな人物なのだろう。著書の本邦初翻訳に際し、過去の経歴と本書対談に至る経緯、その後の活動を辿りながら、この作家の人となりに迫ってみようと思う。

一九三二年スペイン・アルメリア生まれのファン・アリアスは、留学をきっかけに半生をイタリアで過ごした。ローマでセム語派の諸言語を学んでいた一九五〇年代、彼は世紀の大発見を遂げている。バチカン図書館内にて誤って分類されていた聖書の写本を発見したのだ。それはイエスの故郷ナザレの方言で書かれた唯一現存するモー七五書のアラム語翻訳版で、十世紀以上にわたって世界中で探し求められていたものだった（そのあたりの事情や緻密な聖書研究の成果は、著書 La Biblia y sus secretos〔『聖書とその秘密』二〇〇四〕に詳しい）。

ローマ大学で神学、哲学、心理学、比較文献学を修めたのちに、スペイン「プエブロ」紙の特派員をしながら複数の現地紙にも寄稿。ＲＡＩ（イタリア国営テレビ）の共同制作者を経て、スペインの有力紙「エル・パイス」のローマおよびバチカン駐在員を十四年間務める。その間、第二回バチカン公会議といった重要な歴史的局面に居合わせ、ヨハネ二十三世からヨハネ・パウロ二世まで代々のローマ法王を間近に見てきた。特にヨハネ・パウロ二世については世界行脚に随行するなかで、天上の存在ではない人間・法王の姿をつぶさに観察、のちに El enigma de Wojtyla（『ヴォイティワ（ヨハネ・パウロ二世）の謎』一九八五）、Un Dios para el Papa. Juan Pablo II y la Iglesia del milenio（『ローマ法王のための神：ヨハネ・パウロ二世と千年紀の教会』一九九六）という二作品を発表している。

後年アリアスはインタビューを受けて当時のことを回顧している。他宗教に理解を示す革新的な人物である一方、性の問題にはいたって保守的、カトリックの代表として世界の四十三％の信者を擁するラテンアメリカとの出会いを大切にする反面、解放の神学に対しては不寛容な態度を崩さないヨハネ・パウロ二世の二面性、外交関係を良好に保つべく、チリのピノチェトら時の独裁政権に妥協せざるを得なかった苦悩や、専用機に同乗している記者たちの席にやってきては声をかけ、質問に応じる気さくな人柄、機内ではよく食べよく飲み、美酒（良質のワインや故郷ポーランド産ウォッカ）を好んだというエピソードなど、どれも法王の信頼を得て長年そばにいた者ならではの秘話揃いだ。

一九九一年にスペインへ帰国後、「エル・パイス」紙で重要なポストを任される傍ら、アリアスは国内外の多くの傑出した人物と対話を重ねてきた。とりわけ心血を注いだのが、現代イベロアメリカ圏に生きる賢者たちとのロングインタビューだ。筆頭を飾ったスペインの哲学者フェルナンド・サバテルとの対談集 Fernando Savater : El arte de vivir（『フェルナンド・サバテル：生きる術』一九九六）が好評を博したあと、着手したのがポルトガルの大文豪ジョゼ・サラマーゴとの対談集 José Saramago: El amor posible（『ジョゼ・サラマーゴ：可能な愛』）一九九八）。そして三部作の締めくくりとなったのが、本書『パウロ・コエーリョ：巡礼者の告白』である。

前作『可能な愛』はインタビュアーに容易に打ち解けることのない、扱いの難しい作家として有名なサラマーゴがカナリア諸島・ランサローテの自宅に招いて知られざる過去や政治に対する姿勢、私生活を語ったとあって大きな反響を呼び、作家の気持ちに寄り添って心を開かせたアリアスのジャーナリストとしての手腕が高く評価された（ちなみに、インタビューの期間中に九七年ノーベル文学賞の発表があった。有力候補と目されていたサラマーゴだったが、この年はダリオ・フォが受賞。サラマーゴは留守中に電話機に録音されていた《先生、私はとんだ盗人です。あなたからノーベルを横取りしてしまうなんて》とのユーモアたっぷりのフォのメッセージを聞き、友人でもあるこのイタリアの劇作家の受賞を心から喜んだという。そして翌九八年、対談集の出版から約五カ月後に今度はサラマーゴ自身が受賞することになった）。

この『可能な愛』についてはコエーリョも対談中でたびたび言及し、絶賛しているが、こういった前例があったからこそ、対談を引き受けたといっても過言ではないだろう。加えて、アリアスの女性に対する敬意も重要な決め手と考えられる。賢人たちの偉業は周囲の協力、特に伴侶の支えを抜きには成し得ない。アリアスはその点をしっかり心得、夫人たちにもこまやかに気を配り、対話への参加を歓迎している（『可能な愛』では、サラマーゴのよき理解者でスペイン語版訳者でもあるピラール夫人にもインタビューをおこない、彼女のために特別に一章を割いている)。また、サラマーゴもコエーリョも流暢にスペイン語を話すので、やり取りに支障はないものの、微妙なニュアンスを伝え、正しく理解し合うにはコエーリョの母語ポルトガル語が不可欠な場面も出てくる。アリアスはあえてみずからのパートナーでブラジル人作家、詩人のホゼアーナ・ムハイを同席させ、彼女の協力を得ている事実を隠すことなく本文中で紹介し、単に通訳としてだけでなく彼女にも自由に発言させて対談をより深めている。そのような細部にわたる諸々の配慮が、コエーリョに告白を決心させる大きな要因になったに違いない。

本書の対談中には、処女作『星の巡礼』(一九八七)から当時の最新作『ベロニカは死ぬことにした』(一九九八)まで、コエーリョが過去の作品で述べている内容が頻繁に登場するが、対談後に発表された小説には、アリアスとのやり取りで深められた考えがふんだんに反映されている。たとえば『十一分間』(二〇〇三)のなかには、本書最終章に出てきたワインから彷彿されるブドウ畑のくだりが挿入されているし、『悪魔とプリン嬢』(二〇〇〇)や『ポルトベーロの魔女』(二〇〇六)なども女性を主人公とし、善と悪のせめぎ合い、偏見や妬みの害悪に絡めて、女性の神秘性と計り知れない力を色濃く打ち出している。コエーリョにとってアリアスとの対談が大きな転機になったことは紛れもなく、本書『巡礼者の告白』は長年のコエーリョ・ファンにも、これをきっかけにコエーリョの小説を読もうという方々にも、彼自身の秘密や作品に隠された意図を知る格好の一冊となるだろう。

なお、コエーリョの作品は小説ばかりではない。本書中で何度も取り上げられている未邦訳の二冊 MAKTUB (『マクトゥーブ』一九九四)と Manual do guerreiro da luz (『光の戦士マニュアル』一九九七)はいずれも一九九三年から九六年にかけてブラジルの「フォーリャ・ヂ・サンパウロ」紙に毎日連載(のちに国内外の他紙にも転載)していたコラムからの抜粋で、前者は彼自身の経験や師から学んだ教え、古今東西の逸話を、後者は生きる上での戦術にテーマを絞って紹介した出色の箴言集である。

スペイン語圏でも読書量の減少、とりわけ若者や子供の本離れは深刻な問題となっている。わが子に、あるいは大切な相手へのプレゼントとしてどんな本が最適か。悩める人々が書店でコエーリョの著作を勧められている姿を何度も目にしているし、学校の課題図書として選ばれるケースも多々見受けられた。

お膝元のラテンアメリカ、ヨーロッパはもちろん、アジアやアラブ圏でも人気が高いという普遍性を備え、学者、宗教家、政界・財界人から普段本に手を伸ばすことのない一般庶民、青少年にまで読ませてしまう。パウロ・コエーリョの作品を一言で言い表すのは不可能だ。なぜなら、彼の作品はさまざまな解釈が可能で、年齢、性別、社会的地位を問わず、読む人の精神レベルの段階に応じて、その人なりの読み方ができるからだ。哲学・宗教を理解している者とそうでない者では当然、作品の解釈の仕方も読後感も違ってくるだろう。しかし、幅広い読者層の心をつかんで離さない、彼の作品の持つ吸引力は驚愕に値する。

世々にわたって読み継がれてきた不朽の名作には錬金術の教えが少なからず含まれていて、読む者にそれを伝えるべくたえず語りかけている。受け取る側が自分勝手な思い込みによらず、書かれている文字を正しく読み解いていれば、知らず知らずのうちに知恵が身についていくものだ、と錬金術の指南書は説いている。

『光の戦士マニュアル』スペイン語版に寄せられた「パウロ・コエーリョの文学的錬金術には敬服の念を禁じ得ない」という大江健三郎氏の賛辞のとおり、コエーリョは錬金術の考え方を重要な要素として作品中に取り込んだ作家である。実際、代表作『アルケミスト』はずばり錬金術師を意味しているが、彼が主張している錬金術とは何も金を作り出す技ではなく、とりもなおさず人間のまっとうな生き方、より良い人生を営む方法のメタファーに相違ない。企業家であろうと芸術家であろうと、会社員であろうと主婦であろうと、それぞれの人がそれぞれの立場で持てる力を最大限に発揮し、他者と助け合いながら温かい家庭、住みよい職場を築き、それを社会全体へと広げてよりよい世の中を作っていく。この、個人から始まり全体へとつながる全人類的な〝錬金術〟に必要なエッセンス、すなわち体験に基づく教訓を読者と共有すべく、コエーリョは執筆活動を通じて惜しみなく提供しているのだ。

スペインの通信社EFEのインタビューに対し、パウロ・コエーリョはこう述べている。

「私は人生最期の日まで生き続けていたい。なぜなら、多くの人々がそれ以前に死んでいるからだ。恐れとともに暮らし、日々を送っているがすでに生きることを放棄している。

私の人生哲学は最期の瞬間まで生き続けること。いつ終わりが来るのかはわからないが、そのときが来たならば最期の一秒でこう言いたい。『よし、この瞬間まで生ききったぞ』と――」。

一方、フアン・アリアスの側にも本書の影響と思しき変化がはっきりと見て取れる。対談後、「エル・パイス」紙のブラジル特派員となり、ホゼアーナと結婚してリオデジャネイロに居を構えたのだ。彼とブラジルとの関わりは一九九四年、ブラジルの最も貧しい地域の一つマト・グロッソ州サン・フェリス・デ・アラグアイアで四十年以上人々のために献身を続け、九二年にノーベル平和賞候補に上ったこともあるスペイン・カタルーニャ出身の司教で解放の神学の理論家、ペドロ・カサルダリガ師との出会いに端を発していると考えられる。しかし、本書の対談がその後の彼のライフワークに決定的な影響を与えたことは否めない。近年の著作に、ブラジルでの生活をベースに、人生とは、人間にとっての幸せとは何かを追究する論考がとみに多くなっているのもその表れだろう。

二〇〇八年発表の Proyecto Esperanza（『〝希望〟プロジェクト』）でアリアスは、希望とは無縁の人々がどん底の生活を余儀なくされているスラム街ファベーラの現実を見据えた上で、ブラジルを「幸福の国」と断言。出版直後の「エル・パイス」紙によるインタビューで、次のように読者へ問いかけている。

「ブラジルの貧しさを見てごらん。ヨーロッパをはじめとする先進諸国はブラジルの何十倍の富を所有している。それなのにつねに不満たらたらで、どれだけ自分たちが恵まれているかちっとも気づかない。一方、ブラジル人はいつだって幸せだ。どうして彼らはこんなにも喜びにあふれているのか?」

先住民の暮らしていたブラジルには、アフリカ人、ポルトガル人、その後ヨーロッパや日本などから移民が続々とやってきたが、新参者を拒むことなく寛容に受け入れ、人種や慣習、知恵の混交がなされた末、多神教カンドンブレに代表されるような、ありとあらゆるものを包含した独自の文化を構築した。それがまた、バラエティに富んだ広大な自然を有する大地と相まって、世界中の人々を惹きつけてやまないこの国の魅力となっている。同時に、貧富の差が激しく、四千万もの貧困層が存在し、マフィア絡みの麻薬や武器密輸、抗争による発砲事件や強盗、誘拐といった凶悪犯罪があとを絶たないのも事実だ。

悲しみに次ぐ悲しみにもかかわらず、希望を失うことなく、「ブラジル人に生まれたことを誇りに思う」、「ブラジル人であることが好きでたまらない」と公言する人は多い。いったい、なぜなのだろう。

「それは、彼らがわれわれにない連帯感を持ち合わせているからだ」とアリアスは答える。

本書でもコエーリョの財団の活動や先述のカサルダリガ師のような宗教家の慈善活動が紹介されているが、家庭や地域社会に多くの期待ができない貧困地区の子供たちに人間関係の基本を身につけさせ、あり余る若いパワーを建設的な方向へ昇華させるよう導き、犯罪から遠ざけようという試みがほかにもある。サッカー教室、ボクシングジム、ダンスや音楽の教室などを無料で開放し、スポーツや芸術を通じて自発性を育てる取り組みが各地でさかんにおこなわれ、海外からの見学が絶えないという。国の将来は次世代の教育次第とわかっていても、政府や行政がなかなか重い腰を上げようとしないのはいずこも同じだ。人を育てることは年月のかかる、実に根気のいる作業。だからこそ手をこまぬいて見ている暇はない。社会を変えるにはまず自分から具体的に動かなければ。ブラジルにおけるこれらの活動は徐々にとはいえ着実に成果を上げつつあり、そこから巣立って大成した若者が古巣に戻って後進を育てる側に回るケースも出始めている。故郷バイーアのファベーラ・カンヂアル地区への恩返しに、私費を投じて総勢二百人もの若者たちが参加するストリート・パーカッション集団Timbaladaや、廃棄物を再利用した子供打楽器集団Banda Lactomiaを結成、音楽学校Pracatumを創立するなど、社会奉仕に邁進するミュージシャンのカルリーニョス・ブラウンがその好例である（彼の活動はスペインのフェルナンド・トゥエルバ監督によるドキュメンタリー映画『El MILAGRO DE CANDEAL（カンヂアルの奇跡）』で全世界に紹介された）。

よく〝ポルトガル人がブラジルを発見する前から、ブラジルはすでに幸せを発見していた〟と言われるが、アマゾンの先住民族シング族と共同生活を営んだブラジル音楽界の鬼才エグベルト・ジスモンチは、アルゼンチンにて出版されたインタビュー集で、それを裏づけるコメントをしている。「彼ら先住民たちから私が受けた影響は、音楽的なものよりもむしろ人間的なもの、とりわけ連帯感や尊敬の念、愛情に関わるものだった」（Más allá de las máscaras『仮面の向こうに』ホセ・ルイス・カバッサ著、二〇〇三）。つまり、ブラジル人の持つ類稀なる連帯感、他者のために何かをしようとする思いはそのルーツに起源を発し、血となり肉となっている。そして、彼らの活動に見られる希望と忍耐、身体を使った作業は、何と錬金術に必要とされる要素と合致しているのだ。

世界同時不況をものともせず目覚ましい経済発展を続けているブラジルは、二〇一四年ＦＩＦＡワールドカップ、二〇一六年オリンピックの開催を控え、現在世界で最も脚光を浴びている国のひとつだ。しかし、それは豊富な資源を有するという幸運、経済成長期にあるという偶然の産物ではなく、連帯感に基づく日々のたゆまぬ努力によるボトムアップのたまものにほかならない。私たちが彼らブラジル人から学ぶべきものは多いのではないか。アリアスは先のインタビューをこう結んでいる。

「彼らは働くために生きるのではなく、生きるために働く。もしかすると、彼らは大した未来はないということさえ知らないのかもしれない。だから今この瞬間をめいっぱい、日々を最大限に生きているんだ。われわれは将来への不安ばかりを募らせ、ますます過去へのノスタルジーに浸っている。もし今日を真剣に生きていれば、ここまで自分を不幸な人間だと思い込むことはなかっただろう。そしてその悪しき習慣を断ち切るには、現代が人類史上最も恵まれた時代であることを納得し、今を生きなければならない」

二〇〇四年には長年の功績に対してスペイン政府からメリット勲章を授与され、リオデジャネイロでおこなわれた授賞式でホゼアーナ夫人や作家のネリダ・ピニョンほか、大勢の関係者とともに喜び合ったファン・アリアス。八十歳を目前にする今もなお、現役の特派員として「エル・パイス」紙にブラジル発のホットな記事を配信する傍ら、執筆活動にもいそしんでいる。最新作 La seducción de los ángeles（『天使たちの誘惑』二〇〇九）では、現代人の不幸の根本は孤独にあるとし、裁くことなくすべてを許し包容してくれる相手、〝真の友人〟のメタファーとしての天使の必要性を説くなど、コエーリョと同様、読者の〝人生の錬金術〟の一助となる情報を精力的に発信し続けている。

本書『巡礼者の告白』はパウロ・コエーリョの生き方や考え方、著作に込めた思いが満載されていると、スペイン語圏を中心に出版と同時に話題が沸騰したが、日本ではこれまで英語版を手に入れた少数の人々にしかその存在を知られていない〝幻の書〟だった。二〇〇四年に翻訳を完了して以来、出版の実現に向けて働きかけてきたが、このたび七年越しで日の目を見、日本の読者にお届けできる運びとなったことを、訳者として心からうれしく思う。本書の価値を認め、刊行を決断してくださった新評論と、編集担当の吉住亜矢氏、日本語版刊行に際し、日本の読者に向けたメッセージ執筆を快く引き受け、驚くべき迅速さで素晴らしい序文を寄せてくださった著者のファン・アリアス氏、そして組版、装幀、印刷……と出版に至るあらゆる工程で多くの方々にお力添えをいただいた。この場を借りて厚くお礼申し上げる。

八重樫克彦
八重樫由貴子

訳者紹介

八重樫克彦（やえがし・かつひこ）

1968年岩手県生まれ。ラテン音楽との出会いをきっかけに、長年、中南米やスペインで暮らし、語学・音楽・文学などを学ぶ。現在は翻訳業に従事。訳書にマルコス・アギニス著『マラーノの武勲』、『天啓を受けた者ども』、マリオ・バルガス＝リョサ著『チボの狂宴』、エベリオ・ロセーロ『顔のない軍隊』（以上作品社）、ホルヘ・ブカイ、マルコス・アギニス共著『御者（エル・コチェーロ）』（新曜社）、エステル・サルダ・リコ著『図解：音楽家のための身体コンディショニング』（音楽之友社）。

八重樫由貴子（やえがし・ゆきこ）

1967年奈良県生まれ。横浜国立大学教育学部卒。12年間の教員生活を経て、夫・克彦とともに翻訳業に従事。

パウロ・コエーリョ　巡礼者の告白

2011年2月25日　初版第1刷発行

訳者　八重樫克彦
　　　八重樫由貴子
発行者　武市一幸

発行所　株式会社　新評論

〒169-0051　東京都新宿区西早稲田3-16-28
http：//www.shinhyoron.co.jp

電話　03（3202）7391
FAX　03（3202）5832
振替　00160-1-113487

定価はカバーに表示してあります
落丁・乱丁本はお取り替えします

装幀　山田英春
印刷　神谷印刷
製本　日進堂製本

ISBN978-4-7948-0863-9
Printed in Japan

新評論既刊　スペイン／イベロアメリカ関連書

ブラジル日本商工会議所 編
小池洋一・西沢利栄・堀坂浩太郎・西島章次・三田千代子
桜井敏浩・佐藤美由紀 監修

現代ブラジル事典

広大な国土と豊かな天然・農業・生物資源、巨大市場、市民参加、多文化共生…「世界の未来を担う大国」の全体像を把握!
［A5上製　520頁　6300円　ISBN4-7948-0662-0］

フアン・ルイス・アルスアガ／藤野邦夫 訳／岩城正夫 監修

ネアンデルタール人の首飾り

世界屈指の古人類学者が、故国スペインの遺跡での瞠目の発掘成果をもとに描く「知的で頑丈なわれらの隣人」の運命の物語。
［四六上製　352頁　2940円　ISBN978-4-7948-0774-8］

シリーズ〈「失われた10年」を超えて　ラテン・アメリカの教訓〉全３巻

共同編集代表　内橋克人　佐野　誠　田中祐二
小池洋一　篠田武司　宇佐見耕一

❶ ラテン・アメリカは警告する

「構造改革」日本の未来
内橋克人・佐野　誠 編

「新自由主義の仕組みを見破れる政治知性」のために! 中南米の経験を軸に日本型新自由主義を乗り越える戦略的議論を提示。
［四六上製　355頁　2730円　ISBN4-7948-0643-4］

❷ 地域経済はよみがえるか

ラテン・アメリカの産業クラスターに学ぶ
田中祐二・小池洋一 編

多様な資源、市民・行政・企業の連携、厚みある産業集積を軸に果敢に地域再生をめざす中南米の経験に日本への示唆を探る。
［四六上製　432頁　3465円　ISBN978-4-7948-0853-0］

❸ 安心社会を創る

ラテン・アメリカ市民社会の挑戦に学ぶ
篠田武司・宇佐見耕一 編

新自由主義の負の経験を乗り越えようとする中南米の人々の民衆主体の多彩な取り組みに、連帯と信頼の社会像を学び取る。
［四六上製　320頁　2730円　ISBN978-4-7948-0775-5］

＊ 表示価格は消費税（5%）込みの定価です

新評論既刊　精神世界・宗教関連書

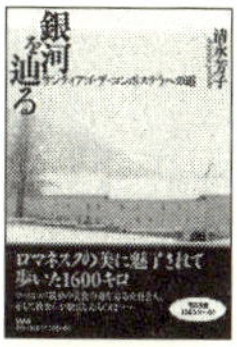

清水芳子

銀河を辿る

サンティアゴ・デ・コンポステラへの道

ロマネスクの美に魅了されて歩いた1600キロの巡礼の道。現代の彼の地の人々、そして中世の人々の心に触れる感動の旅の記録。

[A5並製　332頁　3360円　ISBN4-7948-0606-X]

J=F・ルヴェル&M・リカール／菊地昌実・高砂伸邦・高橋百代 訳

［新装版］僧侶と哲学者

チベット仏教をめぐる対話

山折哲雄氏推奨！「大胆不敵な人間考察の書」。人生の意味をめぐる、チベット僧と無神論者のフランス人親子による白熱の対話。

[A5並製　368頁　3990円　ISBN978-4-7948-0776-2]

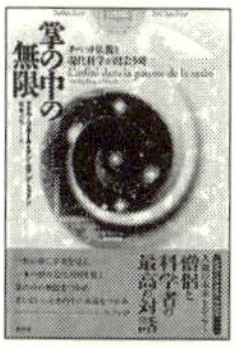

M・リカール&T・X・トゥアン／菊地昌実 訳

掌の中の無限

チベット仏教と現代科学が出会う時

宇宙と人類の起源、仏教と科学など根源的な問いをめぐるフランス人チベット僧とベトナム出身の天体物理学者による異色の対話。

[A5 上製　418頁　3990円　ISBN4-7948-0611-6]

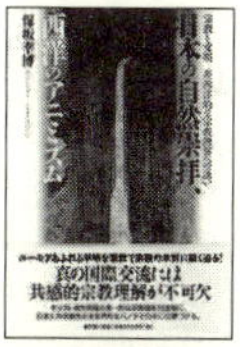

保坂幸博

日本の自然崇拝、西洋のアニミズム

宗教と文明／非西洋的な宗教理解への誘い

キリスト教的・単一的宗教観を対比軸に、日本人の宗教性を全世界的なパノラマの中に位置づける。現代最良の宗教入門書！

[A5上製　368頁　3150円　ISBN4-7948-0596-9]

マーティン・バナール／片岡幸彦 監訳

ブラック・アテナ　I. 古代ギリシアの捏造 1785-1985

古代ギリシア文明のアフロ・アジア的ルーツ

歴史学と知識の社会学を駆使し、西洋近代的「正統世界史」を問い直す。全世界に論争を巻き起こした衝撃の書、待望の邦訳！

[A5上製　670頁　6825円　ISBN978-4-7948-0737-3]

大野英士

ユイスマンスとオカルティズム

デカダンスを代表する異端の作家の「回心」を軸に、世紀末の知の大変動と西欧文明の負の歴史を読み解く渾身の大作。

[A5上製　616頁　5985円　ISBN978-4-7948-0811-0]

＊ 表示価格は消費税（5%）込みの定価です